バベルの古書

猟奇犯罪プロファイル　Book 2《怪物《モンスター》》

JN104026

阿泉来堂

角川ホラー文庫
23868

目次

人物紹介

加地谷悟朗　荏原警察署刑事課強行犯係特別事案対策班、通称『別班《べつぱん》』班長。階級は巡査部長。元相棒の仇《かたき》を討ったが、相変わらず署内の嫌われ者。

浅羽賢介　『別班』所属の刑事で加地谷の相棒。女性とオカルトが大好き。

天野伶佳　北海道警察捜査一課捜査支援分析室所属の刑事。新任の心理分析官の研修を兼ねて、再び加地谷や浅羽とともに捜査に挑む。

御陵伽耶乃《みささぎかやの》　捜査支援分析室心理分析班所属の分析官。高い観察力を持ち、プロファイリングを得意とする。何故か加地谷や浅羽を敵視するが……。

青柳史也《あおやぎふみや》　両親と義妹を亡くした孤独な青年。

西条茜《さいじょうあかね》　親戚《しんせき》の家に居候する少女。

プロローグ

深い闇に覆われた部屋の中で、男は孤独な背中を丸めていた。

「……もう……やめてくれ」

重く引きずるような声が室内に響く。それが自分の声であると気づくと共に、男は溜《た》め込んでいた息を吐きだした。降りしきる大粒の雨が、これでもかとばかりに窓を叩《たた》き、男の焦りを助長する。

「どうして、あんな……」

呻《うめ》くように呟《つぶや》き、男はそばの本棚にもたれかかった。見上げるほどの棚には無数の本が並べられ、湿った紙の匂いが辺りに充満している。記憶の片隅に残る父親の匂いが、まさにこれだった。今となっては顔も思い出せない唯一の肉親の残り香を振り払うようにして、男は窓辺に歩み寄る。建付けの悪い窓の隙間から、細かな雨粒が吹き込んで壁や床を濡《ぬ》らしていた。

男が窓の前に立つ。その刹那《せつな》、眩《まばゆ》い雷光が閃《ひらめ》き、地獄をさまよう幽鬼のような男の顔が窓ガラスに映り込んだ。

『――だって、仕方ないでしょ』

くぐもった女の声が、男の耳朶《じだ》を打つ。凍り付いたように身を硬くして耳をそばだてると、男は再び響いてくるその声に意識を集中させた。

『こうするのが、あたしとお兄ちゃんのためなんだから』

くすくすと、おかしそうに笑う女の声。思わず耳を塞《ふさ》ぎたくなった男は、反射的に両目を固く閉じた。そうすることで〝あいつ〟が目の前からいなくなってくれるのではないかという、安っぽい希望にすがるようにして。

『無駄だよ。そんなことをしても、あたしはいなくなったりしない』

考えを見透かされ、男は観念したように目を見開く。濡れた窓ガラス。打ち付ける雨粒。そして、変わらずそこにいるあいつの姿。目に映るそれらの光景に、男は絶望する。それを見てあいつが喜ぶであろうこともまた、わかりきったことだった。

『自分でも、やめなきゃいけないとは思ってるよ。でも、抑えが利かないの』

「だからといって……あの人は何の関係も……」

つい先刻、目にした光景がまぶたに焼き付いて離れない。ぶるぶると頭《かぶり》を振ってそれを振り払おうとするがうまくいかず、男は自らの頭を抱えてうずくまった。そうやって自分の殻に閉じこもろうとしたけれど、あいつはそれすらも許してはくれない。

『ねえ、こっち見てよ。お兄ちゃん』

嫌だ。いやだいやだ。頭ではそう思っているのに、要求に逆らうことができない。恐る恐る顔を上げ、あいつの顔を視界にとらえる。途端に飛び込んできたのは、悪意の欠片《かけら》も感じられない無邪気な笑顔だった。

幼い頃から何も変わらない、あどけなさの残る無垢《むく》な微笑み。愛らしい笑顔。その奥に潜む邪悪さを知っているからこそ、男の恐怖は加速度的に膨れ上がっていった。

『――あたしのこと、見捨てたりしないでね』

「俺は……」

その要求に応《こた》えるわけでもなく、だからといって拒絶することもできずに、男は声を震わせた。

「もう……これ以上は……」

男は視線を落とし、泥にまみれた自らの手を見つめる。乾いて硬くなった泥と一緒にこびりついた赤黒い血は、どれだけ洗い清めようとも流れ落ちることはないのだろう。この血塗られた運命に囚《とら》われた自分は、既に逃げることの許されぬ悪意の円環に取り込まれている。何故なら、あいつを生み出してしまったのは、他ならぬ自分自身なのだから。

そのせいで多くのものを失った自分が、嘆き、悲しみ、打ちひしがれる姿を、あいつは大喜びで見つめているのだ。その証拠に、今も窓ガラスに張り付いたあいつの顔は、これ以上ないほど恍惚《こうこつ》とした誘惑に酔いしれ、甘美な毒に彩られていた。

『ずっと、ずーっと、一緒にいてね』

強い眩暈《めまい》を感じ、男はその場に膝《ひざ》をつく。目の前がちらつき、激しい鼓動の音が鼓膜を内側から破ろうとしているみたいに響いていた。

やがて意識が地獄の釜《かま》の底へと真っ逆さまに転落していく間にも、あいつの声は強く、そして鮮明に響き続けていた。

『ねえ、お兄ちゃん――』

第一章

1

佑真《ゆうま》くんへ

お元気ですか。私はとっても元気にやっています。

……なんて、なんだかすごくまじめな挨拶《あいさつ》になっちゃったね。

でも私は、佑真くんのこと『お兄ちゃん』とは呼んでいなかったし、いまさら『お兄さんへ』なんてかしこまった文章を書くのもちがう気がしちゃって。

だから、一緒にいたころと同じように、佑真くんって呼ぶことにするね。

みんなと離れて暮らすようになって、もう二か月がすぎました。長かったように感じるけれど、こうして振り返ってみると……いや、やっぱり長いね。

叔父《おじ》さんや叔母《おば》さんはとても親切で、新しいお洋服とか、勉強道具なんかをたくさん買ってくれました。叔母さんはちょっと怒りっぽいところもあるけど面倒見がよくてやさしい人。叔父さんは無口だけど、たまに理由もなくケーキを買って来てくれます。引っ越したのがこのお家《うち》で本当によかった。こわい大人がいるお家だったらどうしようって、不安で仕方なかったから。

二人の息子の直昭《なおあき》さんは、もうすぐ三十歳になるんだけど、ずっとお部屋に閉じこもったまま出てこようとしないんだ。食事も皆とは別だし、お風呂《ふろ》はみんなが寝た後。トイレは二階に誰もいないタイミングを見計らって済ませているみたい。でも時々、お部屋の前を通る時に、少しだけドアが開いていて、こっちを見てる時があるんだ。もしかしたら、私とお話ししたいと思ってくれているのかもしれないね。

直昭さんのお部屋からは、ちょっと古めのアイドルソングが聞こえてくるんだよ。なんだっけ。エーケーなんとか？　ごめん、よくわからない。そのうち直昭さんに教えてもらえるかな。

新しい小学校では、何人かお友達ができました。特に仲がいいのは、ゆりちゃんとほのかちゃん。二人とも、とっても大きなお家に住んでいて、たくさん習い事をしているの。帰る方向が同じだから、いつも一緒に帰ってるんだよ。けど、雨がふった日にはお家の人が車でおむかえに来るから、私は一人で帰らないとならないの。そういう日は、ちょっとさみしいかな。でも、二人とも優しくてだいすき。

佑真くんと離れ離れなのはすっごくさみしいけれど、なんとかやっています。だから安心してね。お父さんとお母さんにもはやく会いたいって伝えてほしいな。

そうそう、それと最近ね、不思議な人に会ったんだよ。よく行く古本屋さんで仲良くなったおじさんでね、いつも公園で本を読んでいるから、お散歩の時に会うとおしゃべりをするの。その人のお家には、読み切れないほどたくさんの本があって、本屋さんみたいに大きな本棚があるんだって。すごいよね。私なんて、本棚の一段分しか持ってないのにって言ったら、今度見に来てもいいよって言ってくれたの。でも、そのことを叔母さんに話したら、絶対にダメって言われちゃった。

　叔母さんはその人のことを「おかしな人かもしれないから近づいちゃいけません」なんて言うの。けど私はそうは思わない。とてもやさしい人に思えるんだ。無口だけど、本の話をする時はよく笑うし、私が困っている時に助けてくれた。それにね、どことなく雰囲気が佑真くんに似てる気がするの。顔は全然ちがうし、背だって、佑真くんよりずっと大きい。それでもね、何となく面影がかさなるんだ。だから他人って気がしなくて、たくさんおしゃべりしちゃう。きっと、佑真くんも仲良くなれるんじゃないかな。

　でも最近は、あまりおじさんには会ってないの。叔母さんに怒られるからじゃないよ。この町で起きたこわい事件が原因。女の人が仕事帰りにおそわれて殺されちゃった事件。

　こわいよね。その事件があってから、町の人がみんな不安そうで、何かにおびえている感じがする。どこにいても、誰と話をしても、その事件のことが頭を離れない。そんな感じ。

　本当はこんな話したくないんだけど、佑真くんには何でも話すって決めてるから、次のお手紙でくわしく書くことにするね。

お返事、待ってます。

ばいばい。

茜《あかね》より

2

荏原《えばら》警察署地下一階。磨《す》りガラスの嵌《は》まった薄いドアを開け、明かりをつけると、さほど広くはない室内が仄暗《ほのぐら》く照らされた。つい昨日まで地下倉庫として署内の不用品を詰め込んでいたその部屋からは、湿気とかび臭さにまみれたぬるい風がふわりと漂ってきた。

「おい、マジかよこれ」

加地谷悟朗《かじやごろう》は私物を雑多に詰め込んだ段ボール箱を両手に抱えながら戸口に立ち、うんざりとした声を上げた。悪い物に中《あ》たって腹を下した時ですら、こんな声は出ないんじゃないだろうか。

「おわ、あぶねっ。あーもうカジさん、そんな所で立ち止まらないでくださいよ」

後ろからどたどたと慌ただしい足音がする。振り返ろうとした瞬間、どーんと背中を押されて、加地谷は前のめりに室内へとたたらを踏んだ。

「浅羽《あさば》、テメエ何すんだこの野郎！　危ねえじゃねえか」

「危ないのはカジさんっすよ。どいてって言ったのにどいてくれないから……」

記憶の限りではそんなことを言われていないし、言われたとしても聞こえなかったので、ノーカウントと判断。加地谷は段ボール箱を床に置いてから、利き腕をしならせ、後輩刑事であり相棒の浅羽賢介《けんすけ》の頭を豪快にひっぱたいた。

「そういうのはちゃんと聞こえるように言え馬鹿野郎。転んで頭でも打ったらどうすんだ」

「お、俺の頭はどうなってもいいんすか……」

むぐぐと呻《うめ》きながら、浅羽が左のこめかみの辺りを押さえる。叩《たた》かれた拍子に落とした段ボール箱を拾い上げ、室内に足を踏み入れた浅羽は、物珍しそうにあたりを見回した。

「しっかし、この世の果てみたいな場所っすねぇ」

じんわりと漂うかび臭さに顔をしかめ、浅羽は部屋の中央で向かい合わせに用意されたデスクの一方へと段ボール箱を置いた。加地谷は空いている方のデスクに座り、背もたれに身を預けると、靴を履いたままで天板に足を乗せた。

「ったくやってらんねぇぞあのクソ課長。何が『別班《べっぱん》』だ。何が『快適な個人オフィス』だちくしょう。こんな物置に人を追いやりやがって」

辺りをはばからぬ荒々しい口調で、加地谷は毒づいた。どれだけ喚《わめ》いたところで、ここには加地谷の暴言を聞き咎《とが》める上司や同僚はいない。普段ならこんな愚痴をハラハラしながら見守っている浅羽ですらも、うんうんと首を縦に振りながら、段ボール箱から引っ張り出した辞令書を目の前に掲げていた。

「まったくっすよねぇ。『貴官を本日付で荏原警察署刑事課強行犯係特別事案対策班に配属する』ですって。長ったらしい名前の通称が『別班』なのは流行《はや》りのドラマみたいで悪くないっすけど、目下の基本業務が『過去の捜査資料の電子化』っすからね。これのどこが『特別事案対策班』なのか、詳しい説明を求めたいところっすよ」

失笑気味にこぼし、浅羽は辞令を綺麗《きれい》に折りたたんでデスクに放った。

事の始まりは二か月ほど前の、通称グレゴール・キラーによる連続殺人事件である。加地谷と浅羽はその殺人鬼の別荘に乗り込み、満身創痍《そうい》の状態で犯人を確保したわけだが、応援を待てという上からの指示に従わず勝手な行動をとった挙句に、一般市民を巻き込んで大怪我をさせてしまうという大失態を演じもした。本来ならば処分を受けるべきところなのだが、グレゴール・キラー事件はマスコミも多く取り上げていたことでもあり、監禁されていた女性を無事に救い出したという点に関しては評価に値するという、道警本部長の鶴の一声によって、二人の処分は不問に付された。

だが、規律を重んじる警察組織において、加地谷のような危険分子を好き放題にさせるわけにはいかないという刑事課長、五十嵐《いがらし》の意見もまた無視できるものではなく、この度、刑事課に新設された新たな班を加地谷が率いることになったわけなのだが……。

「課長、さんざん偉そうなこと言ってましたけど、要するに俺たちからグレゴール・キラー事件の手柄を横取りしたことがよほど後ろめたかったんでしょうね。同じフロアにいたら、どうにもいたたまれないから、カジさんと俺をこんな所に追いやったんすよ。ほんっとやることが小さいっていうかしょぼいっていうか……」

とめどなく不満を垂れ、頰杖《ほおづえ》をついた浅羽をよそに、加地谷は懐から取り出した煙草に火をつけた。基本的に署内は禁煙だが、こんな地下室、誰がやってくるものでもない。見咎められることはないだろう。

——優秀な君たちにふさわしい事件が起きたら声をかける。だからそれまでは、与えられた職務に全力で励んでくれ。

深く吸い込み、吐き出した紫煙が黒い天井に向かっていくのをぼんやりと眺めながら、加地谷はつい先ほど、課長に言われた言葉を脳内に反芻《はんすう》した。してやったりとばかりににやけた顔をする五十嵐のだぶついたタヌキ顔は、これまで目にしてきたどの凶悪犯よりも加地谷をイラつかせた。とはいえ、挑発に乗って手を出したりすれば、懲罰を科せられて、交番勤務にでも飛ばされるだろう。刑事という仕事に殊更執着しているつもりはないが、奴の思い通りになるのは絶対にごめんだった。

「例の市議会議員の秘書が殺害されて、娘が行方不明になっている事件からも外されちゃいましたもんね。せっかく久しぶりの捜査本部だったのに、これじゃあんまりっすよ。俺たち本格的に閑職に追いやられたんじゃないっすか？」

嘆くように言われたところで、加地谷に気の利いたことが言えるわけもない。イラつく気持ちは同じ——いや、浅羽なんかとは比べ物にならないほどはらわたが煮えくり返っているが、あえて何も返さなかった。

警察官たるもの組織の決定には従わなくてはならない。上司がどれほど気に食わない相手だろうが、与えられた仕事をこなすのが組織に属するものの務めである。ゆえに、ここで駄々をこねたところで状況は好転しないし、捜査本部に合流させてもらえないだろう。

刑事課の連中が重大事件の捜査で駆けずり回っている間、こんな地下室に無理やりスペースをあけたような部屋で、必要かどうかも分からない書類整理をさせられるのは屈辱的な仕打ちに違いない。しかしながら、ものは考えようである。酔っ払い同士の喧嘩《けんか》だの、痴話喧嘩の末の殺傷事件だのという、見飽きたような事件に関わることなく、誰の目にも留まらぬ最果ての地で日がな一日煙草をふかし、書類をいじって過ごすというのも悪くないのではないか。

少々、楽観的ともいえる考えに苦笑しながら、加地谷は携帯灰皿に煙草を押し付けた。いずれにしろ、署内の人員は限られている。どんなに加地谷を煙たがっていても、捜査が立て込んで来れば、課長だって貴重な人員をいつまでも遊ばせておくような真似は出来なくなるはずだ。そうなれば否《いや》が応でも捜査に参加できる。その時になれば、大手を振って現場に出てやればいい。

そう自分を納得させて、加地谷は小さく笑った。

　そんなこんなで午前中は新たなねぐらとなった部屋の掃除に費やし、午後からは与えられた仕事を始められる程度には片付いた。とはいっても、きれいさっぱり片付いたわけではなく、部屋の隅には古くなって行き場のない事務机や椅子、書類保管用のキャビネット、ガラス戸のついた戸棚やロッカーなどが押しやられており、お世辞にも『オフィス』と呼べるような空間ではなかった。そのため実質的には、入口寄りの八畳ほどの空間が『別班』の使用スペースとなり、二組のデスクとPCやプリンターといった備品がかろうじて用意された雑多な空間となった。

　作業の合間に、浅羽はしきりに理由をつけては一階の交通課に顔を出したり、二階の総務課に足を延ばしたりしていた。本人曰《いわ》く、男しかいない密閉空間に長くいると蕁麻疹《じんましん》が出るため、定期的に女性とのコミュニケーションが必要なのだという。誰がどう考えてもデタラメにしか聞こえないが、あえて目くじらを立てる気にもなれなかったので、軽く聞き流してやることにした。

　むしろ厄介だったのは、基本業務となる『捜査資料の電子化』の方だった。もともと機械いじりが得意ではない加地谷である。専用のソフトは使い方がよくわからず、一つの調書を電子化するのにも四苦八苦し、やっと片付いたと思って顔を上げると、デスクには数えきれないほどの捜査資料が山積みにされている。しかもそこにあるのはほんの一部であり、電子化しなければならない書類は保管庫にごまんとある。すべてを終えるためには、定年まで毎日残業してでも取り組まなければ、到底間に合わないのではないだろうか。

そんな時こそ若者を頼ろうと思い、浅羽に声をかけると、

「最初に決めましたよね。お互い一日のノルマを決めて分担するって。俺は自分の分をしっかりやりますから、そっちはそっちでお願いします」

そんな風にばっさりと切り捨てられてしまった。

「お前には、先輩を気遣おうって優しい気持ちはねえのか？」

「気遣ってますよ。だからやり方だってちゃんと教えたじゃないすか。もちろん、質問されればいくらでも答えます。でも、代わりにやったりはしません。そんなことしてたら、カジさん自身のためになりませんからね」

出た。できない人間にとっては最もつらいその一言。まるで逆上がりができず、いつまでも校庭の隅で特訓をさせられているような、惨めな気分にさせられる。

普段、現場に出ればひよっこのくせに、こういうところで幅を利かせてくるとは、こいつもなかなかいい性格をしているではないか。

そんなこんなで、終業時間を間近に控えた夕暮れ時。

「カジさーん、俺、そろそろ帰りますから。あとよろしくっす」

いそいそとデスクを片付け、コートに袖を通した浅羽がきらきらと艶《つや》のある表情で言った。

「おい待て。待て待て待ておい、おい！　浅羽この野郎！」

慌てて呼び止め、首根っこをひっつかむと、浅羽は「勘弁してくださいよぉ」とじたばた暴れ出す。

「何勝手に帰ろうとしてんだお前。まだ終わってねえだろうが」

「終わってないのはカジさんだけでしょ？　俺の分は終わりましたから、今日は定時で失礼します」

「馬鹿野郎。時計をよく見ろ。まだ定時の十五分前じゃねえか。早めに終わったんなら俺の分も手伝えよ。帰りに牛丼の一つでもおごってやるから」

「いや、それは結構っす。せっかく暇になったんで、このあと警察学校時代の同期に合コンをセッティングしてもらったんすよ」

「あぁ？　合コンだぁ？」

声を大にして繰り返すと、浅羽は途端に表情筋を緩め、鼻の下をだらしなく伸ばした。

「美人が多いので有名な駅前の美容クリニックのエステティシャンたちと食事に行くんすよ。毎日お客さんを癒《いや》してばかりの女性を、今夜は俺が癒し——っていったぁ！」

すぱぁん、と小気味の良い音が室内に反響し、後頭部を押さえた浅羽が、目に涙を浮かべて喚く。

「痛いじゃないすか。いきなりなにするんすかぁ！　暴力反対！　パワハラ厳禁！　時代は令和《れいわ》なんすよカジさん。いつまでも昭和気質《しょうわかたぎ》じゃあ、そのうちひどい目に遭いますからね」

「うるせえよ馬鹿が。なにがエステティシャンだこの野郎。そんなもんより、家に帰ってばあさんの肩でも揉《も》んでやれ。いい年こいて毎日弁当作ってもらってんだろうが」

「それはそうっすけど……」

雑然とした浅羽のデスクには、昔ながらの銀の弁当箱が忘れられたように置かれていた。この男がいつも嬉《うれ》しそうにがっついている祖母特製の弁当である。加地谷に指摘されたのが恥ずかしかったのか、浅羽は弁当箱をひっつかむと、乱暴な手つきで鞄《かばん》に突っ込んだ。

「カジさんこそ、さっさと終わらせてたまにはまっすぐ帰った方がいいんじゃないすか。またいつ、何があるかわからないんだから、刑事は休める時に休まないと」

「わかったようなこと言ってんじゃあねえよ。クソ、もういい。自分でやりゃあいいんだろ。てめえは合コン、俺は残業だ」

「あ、今カジさん、どうせ早く帰ったってやることなんかないから、残業しちまえって思ってるでしょ。よくないっすよそういうの。働き方改革って知ってます？　無意味な残業は国が禁止する時代なんすから」

図星を指され、加地谷は思わず表情を固めた。動揺を見透かしたように目を細める浅羽に対し、無意識に舌打ちが飛び出す。浅羽は、どこか勝ち誇ったように口元を歪《ゆが》め、加地谷の背後に回って両肩を摑《つか》んだ。

「おい何すんだてめえ。気安く触るなよ」

「まあまあ。そういえばカジさん、もうすぐ結婚記念日っすよね？　たまには奥さんに花の一本でも買って帰ったらどうすか？　好きな相手に花をプレゼントされると、女性は肌年齢が四歳若返るんだそうですよ」

「ほ、本当かよそれ……？」

思わず振り返り、問いかける。その反応を満足そうに眺めた浅羽は「もちろん」と満面の笑みでうなずいた。

「母の日にカーネーションを贈ったら、ばあちゃんはいつもそう言って喜んでくれるんすよ。あ、ちなみに母の日といいつつ、俺は妹にもちゃんと花を買って——って、ちょっと、聞いてますか？　無視しないでくださいよ」

恨めしそうな声で追いすがる浅羽をよそに、加地谷は話の途中で肩をすくめ、小指で耳をほじる真似をした。

「お前の言うことを一ミリでも信じかけた自分が情けねえよ。クソ、気分が悪いぜ」

乱暴な口調で言い返したものの、加地谷の脳裏には冷たい食事の置かれた食卓の光景が浮かんでいた。浅羽の言うことも、あながち見当違いではない。

浅羽に打ち明けてこそいなかったが、グレゴール・キラー事件を解決したら、加地谷は刑事を辞めるつもりだった。だが、結果的に今もこうして続けている。その心境の変化には、少なからずこの相棒刑事が関係していた。殺された元相棒、垣内の仇《かたき》を取り、美間坂創《みまさかそう》を逮捕したことで肩の荷が下りるかと思っていた加地谷は、しかし新たな問題に直面することになった。それは、ある種の燃えつき症候群とでもいうべきだろうか。事件は絶えず起こり、それこそ毎日のように発生するというのに、そこに本気で取り組む意欲のようなものがなかなか湧いてこない。いや、もっと言うなら、ごく普通の愛憎が絡む殺人事件や、金銭目的の強盗事件といったものに、以前ほどの情熱を捧《ささ》げて捜査する気力が湧いてこないのだ。

　事件に大きいも小さいもなく、担当したからには全力で捜査に当たる。それが本来の正しい刑事の姿であることは嫌というほど理解している。だが、この五年の間、引きずり続けたグレゴール・キラー事件への執着と後悔の念はすっかりこの身体に沁《し》みついているらしく、気がつけば憎む対象を探してしまったり、相棒を救えなかった自分を責めたりしている自分に気づく。それらが終わったという事実を受け入れきれずにいるのだ。

　そして加地谷は思う。ひょっとすると自分は、美間坂が起こすようなおぞましい事件を求めているのではないかと。誰もが眉《まゆ》を顰《ひそ》めるような猟奇殺人を起こす犯人を求め、捜査する過程でそいつらが考えていることや、感じていることを理解しようとしているのではないか。

　いや、そんなはずはない。そんなことを求め始めたら、それこそ刑事としておしまいだ。ともすれば、人間としても。

　そんな精神状態の反動だろうか、相変わらず家に帰っても、まともに家族と顔を合わせる気になれなかった。あの事件さえ解決すれば、家族ともまた元の関係を築ける。そう思っていたのに、蓋《ふた》を開けてみれば、美間坂を逮捕する前よりも、妻や息子とは疎遠になっている気がした。さしたる共通の話題もなく、相手が何かを話してくれるわけでもない。息がつまるのが嫌で、早く仕事を終えても結局はどこかで時間を潰《つぶ》してから家に帰り、妻が用意した冷たい夕食を食べて、閉ざされたままの息子の部屋の前を素通りし、寝息を立てる妻の背中に声もかけず眠るだけの生活だった。

元の関係どころか、ずっと悪化させてしまっている。こんな体たらくでは、殺された垣内にも申し訳が立たないではないか……。


「――さん、カジさん」

「あぁ？　なんだよ」

呼ばれていることに気付き、加地谷は物思いから立ち返る。

「ぼーっとしてどうしたんすか？　ていうか今日はやけに虫の居所が悪いっすよね。課長のせいかと思ってましたけど、ひょっとして家族のことで悩んでるとか」

またしても図星。その洞察力は事件にとっとけ、と内心で毒づきながら、加地谷はがりがりと頭をかいた。

「ふん、お前みたいな阿呆《あほう》に家族を持つ人間の悩みなんてわかるかよ」

「やっぱり悩んでるんじゃないすか。俺で良かったら、相談乗りますよ」

「結構だ。そこまで落ちぶれちゃあいねえよ。それよりこっち手伝え」

「あーもう、結局こうなるんだもんなぁ」

言葉とは裏腹に、嬉しそうに前のめりになる浅羽を軽くいなし、加地谷はモニターに視線を戻す。慣れないPCいじりも、家に帰らない口実になるのなら悪くないとさえ思えてくるから不思議である。

結局、浅羽に手伝ってもらいながら、どうにかこうにか書類を片付けているうちに、浅羽のスマホが短い電子音を発した。今度こそ定時を迎え、忙《せわ》しなくも平凡な一日が終わりを告げようとしている。

「それじゃあ、今度こそ文句ないっすよね。お先っすー」

意気揚々と部屋を出ていく浅羽に軽く手を上げて答え、加地谷は作業を続けた。一つ、また一つと調書が電子化され、不要となった紙の束が積み上げられていく。その作業を繰り返す自分がまるで、賽《さい》の河原で小石を積み上げる子供のように思えてきて、加地谷は苦笑した。もし今、小石の山を崩そうとする鬼が現れたら、喜んで相手になってやるのに。

妄想の中でまで、何かと戦おうとする自分の野蛮さに辟易《へきえき》しかけた時、卓上の電話がけたたましく鳴った。

「刑事課強行犯係特別事案対策班……加地谷だ」

『ああ、私だが』

　舌を噛《か》みそうになりながらどうにか言い切ると、受話器から聞こえてくるのは、聞き慣れた男の声。件《くだん》の刑事課長のものであった。また嫌味でも言われるか、でなきゃ厄介ごとでも押し付けられるのかと思い、加地谷は適当な理由をつけて受話器を置こうとした。だが、課長がどこか決まりの悪そうな口調で告げた内容は、それを思いとどまらせるのに十分なものだった。

「――いやいやいや、参りましたよ。署を出て友達に連絡しようとしたら、スマホ忘れちゃってて。あ、あった。これがないと女の子たちと連絡先を交換できませんからね」

　出ていったはずの浅羽が慌てた様子で戻ってきて、デスクに置きっぱなしのスマホに手を伸ばす。そして拾い上げようとした時、一瞬早く手を滑り込ませた加地谷がそれを奪い取った。

「ちょっと何するんすか。一人になって寂しいのは分かりますけど、今はカジさんと遊んでる暇はないんですよ。明日《あした》になったら、今日の土産話を聞かせてあげますから。もちろんセンシティブな表現は極力排除して……って、あの、聞いてますか？　スマホ返してくださいよ」

「……ダメだ」

　バッサリと切り捨てるように告げる。それでも浅羽は勘弁してくれとばかりに困った顔をしていたが、加地谷がピクリとも表情を変えないのを見て、ようやく事態の重大さに気がついたらしい。

「嫌だな。やめてくださいよ。そんな怖い顔してどうしたんすか。まさか事件だなんて言いませんよね？」

「鋭いじゃねえか」

浅羽の引き攣《つ》った笑顔が、本格的に固まった。

「え、うそ。だって俺たち、捜査本部から外されてるじゃないっすか」

「だからだよ。あのタヌキ野郎、『捜査本部からはあまり人員を割けないから君たちが向かってくれ』なんて、しゃあしゃあとぬかしやがった。俺たちのこと、都合よく使い倒す気だぜありゃあ」

電話口の、薄笑いを浮かべたような五十嵐《いがらし》課長の顔を想像して、加地谷は顔をしかめる。

「それにしたってこんなタイミングで現場に急行っすか？　退屈な一日がやっとこさ終わって、待ちに待ったかわいこちゃんたちとのアバンチュールを……」

少々、時代がかったような表現は無視して立ち上がり、加地谷はスマホを放った。

「何度も言わねえぞ。さっさと準備しろ。合コンはキャンセル——いや、お前抜きで楽しんでもらうんだな」

「ちょっと待ってくださいよ。ねえカジさん、俺、あと二時間後くらいに現地で合流ってわけにはいきませんかね？」

揉《も》み手《で》をしながら、浅羽はすがるような目を向けてくる。

「お前、俺がそんな提案に対して『いいぞ、思いっきり楽しんで来い』なんて言うとでも思ってんのか？」

冷静な問いかけに対し、浅羽はなおも往生際悪く、いやいやをするみたいに首を振った。

「詳しい話は移動中にする。さっさとついて——」

「いやだ……いやだぁぁぁあ！」

「うるせえな。いちいち喚《わめ》くんじゃねえよ。さっさと来い！」

この世の終わりみたいな顔をして叫ぶ浅羽の首根っこをひっつかんで、加地谷は部屋を後にした。


二人が向かったのは、町境にある川沿いの防風林で、遊歩道やサイクリングロードのほか、遊具やベンチ、池なんかもあって、普段はカモに餌をやる通行人の姿なんかも見られる、のどかな場所だった。

既に陽が赤く染まり、夜の気配が間近に迫った時刻。規制線の張られた遊歩道の周辺には、ぽつりぽつりと周囲の住民や帰宅途中と思《おぼ》しき野次馬が集まっていた。適当な場所に車を停め、見物人を避《よ》けながら線の内側に入った加地谷は、彼らを振り返って忌々しげにため息をつく。

「ったく、いつの世もああいう連中はいなくならねえなぁ」

「仕方ないでしょう。何が起きたのかわからなくて心配なんすよ。近くに住んでいる人は余計に気になるでしょうね」

肩を持つような浅羽の意見に、鼻を鳴らして応《こた》える。

「だからって、スマホ構えてにやにやしてるのはどうなんだよ。人の不幸を再生回数に変換しようとしていやしねえか？」

加地谷があごをしゃくった先を見やり、浅羽は苦笑いした。

「カジさんがそう思うのも無理はないっすけど、警察が秘密主義過ぎるのも問題でしょ。もっとこう、オープンにしたら、市民だって状況を理解できて、むやみに詮索《せんさく》することもなくなるんじゃ？」

「馬鹿野郎。そんなことをしたら、犯人にも捜査情報を与えることになるだろうが。それでどうやって逮捕すんだよ」

「あ、そっか……」

納得したように頭をかいた浅羽に舌打ちをして、加地谷は靴にビニール製のカバーを被《かぶ》せ、白手袋をはめながら、現場を覆うように張り巡らされたブルーシートをくぐった。

遊歩道の奥には直径にして十メートルくらいの池があった。今朝までの雨のせいで水量は増えているようだが、深さはさほどでもなさそうである。その池の手前、大きな木の根元に隠れるようにして横たわっている女性の遺体。

「これが被害者か」

泥濘《ぬかるみ》に足を取られないよう気を付けながら近づき、物言わぬ顔に注目する。見た目の年齢は二十代半ば。比較的背が高く、紺のブラウスにフレアスカート。トレンチコートを羽織っており、白いヒールを履いている。

「おい浅羽、これ、どう思う」

「どうって……」

わずかに言いよどんだ浅羽は、眉間《みけん》の皺《しわ》を深めながら、

「かわいそうっすよね。指輪してるってことは、結婚してるか婚約してたわけでしょ。人生これからってところなのに」

「おめえらしい答えだが、そういうことを訊《き》いてるんじゃあねえ。俺が言ってるのはこの恰好《かっこう》についてだよ」

加地谷は顎《あご》をしゃくって見せる。浅羽は一歩引くようにして遠目に被害者を確認する。

「随分と、安らかな恰好……すね」

望む答えが聞き出せたことに満足し、加地谷はうなずいた。

そうなのだ。この被害者、地面に横たわってはいるが両足は揃えられ、胸の辺りで両手を組んでいる。着衣に乱れはなく、靴も履いたまま。顔を見ても、両目や口も澄ましたように閉じられている。まるで、棺桶の中で横たわる遺体のような体勢をしているのだ。

「わざわざ整えようとでもしない限り、こんな状態で見つかる遺体なんて、そうはねえよな」

「確かに。言われてみればそうっすよね……っと！」

遺体に近づこうとした浅羽が、泥濘に足を取られ、危うく転倒しそうになる。どうにか堪《こら》えたものの、水たまりを勢いよく踏んでしまったせいで、加地谷のスーツにも盛大にしぶきが飛んできた。

「おい、遊んでんじゃねえ。気をつけろよ」

「すいません。ちょっと油断しちゃって」

軽い調子で言った浅羽。もう、この男のこういうところにはすっかり慣れてしまった。今更怒る気もせず、小さく息をついた加地谷は、改めて周囲を見渡した。

「『別班』のお二人が、ようやくお出ましですか」

不意に視界に現れ、イヤミったらしい口調を隠そうともせずに告げてきたのは、先に現着していた横山《よこやま》だった。刑事課強行犯係の主任刑事にして課長のお気に入り。または金魚のフンともいう。値の張りそうなスリーピーススーツをキザったらしく着こなしているが、痩《や》せた鶏のような風貌《ふうぼう》のせいか、女にはモテないらしい。

「おう横山、状況は？」

挑発に乗らず平淡な口調で問い返すと、横山は不機嫌そうに眉《まゆ》を寄せたが、逆らうことなく手帳に視線を落として状況を説明し始める。

「被害者は大石未央《おおいしみお》、二十六歳。直接の死因は後頭部の殴打による外傷と思われ、犯人は遺体のそばに落ちていた石で何度も殴りつけたようです。また所持品の入ったバッグが見つかっており、財布の中に身分証がありました。現金が抜き取られていたので強盗目的の可能性が高いですね。着衣に乱れもなく、暴行を受けた形跡は見られません。この近所のアパートに部屋を借りていることから、仕事帰りに近くを通りかかり、潜んでいた犯人に襲われたと考えられます。遺体の状況から死後二十時間ほど経過しています」

「仕事帰りを狙った強盗殺人ってところすかね」

浅羽が腕組みをして首をひねる。

「この場所は女性が一人で通るには、少々危険に感じます。街灯からも遠く、周囲も真っ暗ですから、犯人に連れ込まれたか、よそで殺されて運ばれたと……」

「いや、それはねえなぁ」

喋《しゃべ》り終える前に話を遮られ、ムッとする横山。加地谷はそれに構いもせず、周囲の地面を見回した。

「昨日の雨のせいで、現場にはいくつも足跡が残ってる。確かにここは暗くて奥まった場所だが、少し歩けば一般道に出るし民家もあるから、人通りだってそれなりに多いはずだ。遺体を担いで運んだりしていたら目立つだろうし、仮に見咎《みとが》められなかったとしてもこんなところに運び込んじまったら、足跡を見てくださいって言ってるようなもんじゃねえか」

横山はうぐ、と喉《のど》を詰まらせ、反論できずに押し黙った。

「仮にそれらをクリアしたとしても、どうして埋めたりもせずに放置してるんだ？　隠す気があるなら山に埋めるなり、海に沈めるなりって方法をとるべきだろう。そうなかったってことは、犯人は最初から遺体を隠す気なんてねえし、わざわざ運んできたわけでもねえ。ここで襲われたと考えるのが妥当だろ」

「確かに……。カジさん、冴《さ》えてますね」

浅羽は追い打ちとばかりに、大げさな口調で言い放つ。横山のこめかみのあたりに、青筋が浮かぶさまを眺めながら、加地谷は笑いをかみ殺していた。

「と、とにかく、現在鑑識が足跡を採取していますから、詳しい報告はそちらから聞いてください」

「遺体を発見したのは？」

横山がそそくさと立ち去ろうとするのを、そうはいくかとばかりに引き留め、加地谷は問いかけた。一度閉じた手帳を再び開き、横山はぼそぼそと喋る。

「本日午後四時過ぎに、近所に住む老人三名が、囲碁クラブの帰りにこの場所を通りかかった際、倒れている被害者を発見しました。先ほど加地谷さんがおっしゃったとおり、ここはやや奥まっていますから、わざわざ林の中を横切ろうとしないと遺体を発見するのは困難だったため、長い時間人目に触れなかったようです。老人は最初、女性が眠っているのかと思ったそうですが、遺体のそばに血痕《けっこん》があることに気づき、通報したそうです。老人たちはその後、警官が駆けつけるまで現場からは離れておらず、怪しい人物も見ていません」

「犯行時までの被害者の足取りや目撃者捜しはこれからだな？」

矢継ぎ早の質問にうんざりしたのか、横山は手帳を持つ手をだらりと垂らし、軽く天を仰いでため息をつく。

「はい、というか、ここからは『別班』に指揮をお任せしますので、ご自分でどうぞ」

「なんだと？」

投げやりな口調を怪訝《けげん》に思い、問い返すと、横山は白けた顔で鼻を鳴らし、そっぽを向いた。

「知っての通り、我々は現在、別の事件にかかりきりなので、こちらの事件はあなたの班にお任せしますと言ったんです」

「おい待てよ。二人でやれってのか？」

「そりゃないっすよ。これ、殺人事件すよね」

浅羽の抗議は至極真っ当なものだった。明らかに他殺とわかる事件である以上、最優先で犯人逮捕に向けて動くべきだろう。周辺住民や被害者の関係先への聞き込みには人員が必要になるし、情報や証言の裏取りだってしなくてはならない。それをたった二人でなんて、無謀にも程がある。

「これは課長の指示なので、私にはなんとも。ただ……」

横山が思わせぶりに言葉を切る。わずかに言いよどむそぶりを見せてから、横山は皮肉をたっぷり込めた口調で、こう告げた。

「こういった『おかしな事件』でも起きなければ捜査に身が入らない加地谷さんなら、適任かと思いますがね」

「横山さん、それどういう意味っすか。それじゃあまるで、カジさんが限定的な状況でしか興奮できない、特別な性癖の持ち主みたいじゃないすか！」

すかさず後頭部をはたかれ、「うぐぅえ」と意味不明な呻《うめ》き声を漏らした浅羽は、頭を押さえてしゃがみ込んだ。

「どうして……俺はカジさんの肩を持ったのに……」

「たとえがいちいち失礼なんだよ。もっとまともなことは言えねえのか」

ため息混じりに吐き捨てて、加地谷は横山へと向き直る。

「横山よぉ、お前の言う別の事件ってのはあれだろ。例の市議会議員の秘書が殺されて、その娘が行方不明になってる事件だろ。身代金の要求でもあったのかよ？」

「まあ、そんなところです」

端的に応じながら、横山は手帳を懐にしまい込む。どうやら向こうは、誘拐事件に発展しているらしい。そのせいもあって、自分が捜査に関わらない現場になど、何の興味もないのだろう。さっさと退散したいというオーラがプンプン漂っていた。

「いくら帳場が立ってるからってよぉ、そっちの事件の方が重要だなんて、どうして判断できるんだ？」

そもそも、事件にデカいも小さいもないだろう。そう内心でぼやいた加地谷に底意地の悪そうな笑みを返し、横山は鼻を鳴らした。

「さあ、それは私が決めることではありませんので。ただ、既に失われた命よりも、助け出さなくてはならない命を優先するのは間違ってはいないと思いますが？」

「ふん、何でもかんでも上の指示かよ。どうせ、その議員が警察ＯＢで、署長に顔が利くもんだから、最優先で捜査しろなんて言われてるだけだろ。署長主導で捜査本部まで設置してよ。ちょっとあからさますぎやしねえか？」

横山はうっとたじろぎ、ふてくされたように視線をそらした。ごにょごにょと何事かを口中で呟《つぶや》きながら、必死に平静を装っている。

「と、とにかく、ある程度の人員は割いてもらえると思いますし、道警本部からの応援もあるようですから、それでどうにかしてください」

では、と一方的に言い捨てて、横山を含む数名の刑事たちは今度こそそそくさと現場を後にしていった。水害を察知し慌てて逃げ出す鼠のようなその背中を見送りながら、加地谷は盛大に鼻を鳴らした。

「相変わらずの腰抜けだな。たまには正面切ってぶつかって来いってんだ」

「相手がカジさんっすから、ぶつかっていっても張り倒されるだけだってわかってるんすよ。それにしても、すっかり押し付けられちゃいましたね。これ、解決できなきゃ即、俺たちの責任問題ってことっすよね？」

　嘆くように言いながら、浅羽はコートの襟を立てた。湿った風がひゅうと吹いて、ブルーシートを揺らす。

「そうするための『別班』だろ。うまく解決できればてめえの手柄。うまくいかなきゃあ俺たちの力量不足。あの課長の考えそうなことだ」

「けど現実問題、二人で捜査なんてキツくないすか？」

「ふん、足手まといが何人いたって邪魔なだけだ。それならいっそ、いない方がましだろ。お前も嫌なら合コンなりタコ焼きパーティーなり行けばいい」

「え、マジすか。行っていいんすか？」

　すぱぁん、と乾いた音が現場に響き、足跡を採取していた鑑識課員が、何事かと周囲を見渡す。

「いってぇえ。冗談じゃないっすか。俺がカジさんを置いて女の子と楽しく遊んでくるような恩知らずだと思ってるんすか？」

「どの口が言ってんだ馬鹿野郎」

　吐き捨てるように言いながら、加地谷は再び被害者へと視線を落とす。傍らにしゃがみ込み、改めて観察した。発見者である老人が『寝ていると思った』と言うのが頷《うなず》けるような、安らかな死に顔だった。目尻《めじり》からこめかみへと流れ落ちた水滴がどこか物悲しく感じられて、つい胸が締め付けられる。

「いったいなんだって、こんな恰好《かっこう》に……」

疑問に感じるのは、やはり被害者の体勢である。後頭部を何度も殴られて死亡したのなら、遺体はうつぶせで発見されるのが普通だ。一撃で意識を失ったのでなければ、逃げようとしてもがいただろうし、抵抗しようと暴れた可能性だってある。そう思って着衣を見ると、ブラウスやスカートの前部は泥だらけで、両手にも泥が付着している。綺《き》麗《れい》にマニキュアが塗られた爪の間にも、びっしりと泥が入り込んでいた。にもかかわらず、遺体の顔は洗い清められたみたいに綺麗なものだった。額の生え際の辺りをよく見ると、頭部から流れた血液をふき取ったような跡がある。殺害後に何者かが池の水で泥や血液を洗い落としたとでもいうのだろうか。それからこの体勢に横たえたのだとしたら、死後硬直が始まる前に遺体を動かさなければならない。それが出来るのは犯人だけだろう。

だが、女性を襲い、何度も執拗《しつよう》に後頭部を殴って殺害し、持ち物を漁《あさ》って財布から現金を奪っていくような犯人が、わざわざそんなことをするだろうか。その間に誰かが来たら、殺人の現場を見られてしまう。そんな危険を冒す必要が、どこにあったというのか……。

「わかんねえな。どうなってやがるんだ」

がりがりと頭をかきながら、呻くように声を漏らした時、ふと、加地谷の脳裏を何かがよぎった。同時に、ひどく曖昧《あいまい》なイメージがじわじわと広がっていく。それはある種の刺激となって、加地谷の記憶を強く揺さぶった。

——なんだ、この感覚は……。

いつか、どこかで目にしたような懐かしい感じ。この遺体を見ていると、そんなとりとめのない感覚に襲われる。

「カジさん、どうしたんすか？」

「……いや、何でもねえよ。それより聞き込みに行くぞ。まずは野次馬の中に被害者のことを知ってるやつがいねえか探して——」

言いかけたところで、加地谷は言葉を切った。

「あれ、急に黙り込んでどうしたんすか？　まさか、その年でボケ……ぐへっ」

減らず口を叩《たた》く浅羽の言葉を無視して、その頭を鷲掴《わしづか》みにした加地谷は、力任せに首を回転させた。ぐきりと嫌な感触が手に伝わり、浅羽は悲鳴じみた声を上げたが、それ以上に、ブルーシートをかき分けて現場にやってきた一人の人物の姿へと目を釘付《くぎづ》けにさせた。

「れ、伶佳《れいか》ちゃぁん！」

歓喜に満ちた浅羽の声が、寒々しく木々を揺らす防風林に響いた。さっきの鑑識課員が再び顔を上げ、迷惑そうに頭《かぶり》を振る。

「加地谷刑事、浅羽刑事、お久しぶりです。といっても、二か月ぶりですが」

「おう、そっちこそ元気そうじゃあねえか」

加地谷が応じると、伶佳は「おかげさまで」と微笑する。

「うわあぁあ。伶佳ちゃんだぁ。本物だぁああ！」

「そうか、道警本部からの応援ってのはあんたか」

ニセモノにでも会ったことがあるのかという疑問はさておき、加地谷が尋ねると、伶佳はそっと首を縦に振った。

「厳密には応援とは少し違いますが、またお二人とご一緒できて嬉《うれ》し――」

「俺も嬉しいよぉぉ！　伶佳ちゃん、今回もちゃちゃっと事件解決してさ、俺と二人で、極上のディナーデートを――うぐぇ」

ごち、と頭頂部に加地谷の拳骨《げんこつ》がめり込み、浅羽は両手で頭を押さえながらその場にしゃがみ込んだ。声にならない呻き声を上げ、痛みにもだえる相棒の様子を視界の端にとらえながら、加地谷は改めて伶佳へと向き直る。

「こっちは色々と――というか下らねえ理由で人手不足になっちまってなぁ。本来なら、ちゃんとした人員を割いてもらわなきゃならねえんだが、俺とこの愚図くらいしかまともに動ける人間がいねえんだ。迷惑かけるな」

「いえ、加地谷刑事が『別班』を率いるようになったことは聞いています。実は今回、こちらにやって来たのも捜査というよりは研修の一環で……」

伶佳は語尾を濁すようにして口ごもる。一体何の研修なのかを問いかけようとした時、

「ちょっとあなた！　ちゃんと靴にカバーして。手袋もはめてもらわなきゃ困るよ！」

気難しそうな中年男性の声が辺りに響いた。現場にいた誰もが手を止め、声の主である鑑識課員へと振り返る。会話を中断した三人の視線も自然とそちらに向いた。

「ごめんねー。アハハ。これ、すればいいの？　これね？　おっけーおっけー。手袋もこれね？　おっけー。これで完璧《かんぺき》？」

今度は事件現場に似つかわしくない、軽々しい口調が響く。それから、乱暴な手つきでブルーシートをかき分け、ずんずんと大股《おおまた》でやって来たのは、一人の女だった。

「なんだありゃあ？」

遠目ながらもその姿を見た瞬間に、加地谷は素《す》っ頓狂《とんきょう》な声を漏らした。その女は、フード付きのスタジャンに白いインナー、オレンジ色をした光沢のあるタイツにデニムのホットパンツを重ね、足元はスニーカー履きという、どこからどう見ても駅前にたむろしている若者にしか見えないような恰好をしていた。黒髪でボブカット。黒地に白い刺しゅう入りのキャップを被《かぶ》り、目元が丸ごと隠れてしまう大きなサングラスまでかけている。

「ああ、彼女は——」

「ちょおっとレイちゃーん！　置いて行くなんてひどいよぉ」

何か言いかけた伶佳を遮るようなタイミングで、こちらを指差した異様な恰好の女が小走りに近づいてきた。細身な上に背が高く、小柄な伶佳と並ぶとひどくアンバランスである。その長身パンクロッカーのような女が溌溂《はつらつ》とした大きな声で、けらけら笑いながら伶佳の腕にしがみつく。

「もう、どうしてボクのこと置いて行っちゃうんだよぉ。初めての現場なんだから、もっとこう、手とり足取り教えてくれないとぉ」

女は猫なで声を出しながら伶佳に迫り、その白い頬をつついた。

「それは失礼しました。事件を担当するお二方に挨拶《あいさつ》をしていたので」

「もう、相変わらず硬いなぁ。でもそういうレイちゃんもか・わ・い・い！」

女は伶佳の白い頬をつつきながら、必要以上に身体を密着させる。伶佳は「やめてください」と拒否の姿勢を示すのだが、スタジャン女はものともせずにセクハラじみたスキンシップを続けていた。

「なんなんだこいつは？」

思ったままを口にして、加地谷は嘆息する。

「……ちょっとカジさん、これ、控えめに言って最高っす。まさかこんなところで伶佳ちゃんの百合《ゆり》展開を見られるなんて……」

「あぁ？　てめえも何言ってんだ？」

声を潜め、怪しい息遣いで意味の分からないことを呟《つぶや》いた浅羽が、ギラギラした眼差《まなざ》しで二人を凝視している。事件現場でふざけている伶佳とスタジャン女も大概だが、それを見て鼻息を荒くしている浅羽は彼女たち以上にアブナイ気配を漂わせていた。

「おい天野《あまの》、いくら道警本部の警部補殿でも、一般人を現場に入れるのはまずいだろ」

で示した。加地谷が指摘すると、伶佳はあっと声を上げ、姿勢を正すようにして隣に立つ女を手

「失礼しました。お二人に紹介します。こちらは御陵伽耶乃《みささぎかやの》警部補。道警捜査一課捜査支援分析室の心理分析班に所属する分析官です」

「なにぃ？」

「警部補って……」

加地谷と浅羽が同時に声を上げる。目が点になるというのはこのことだ。長ったらしい部署名は全く聞き取れなかったが、それよりもこの派手な恰好《かっこう》をした小娘が警察官——しかも自分よりも階級が上だということに、加地谷は驚きを隠せなかった。開いた口がふさがらないというのは、まさにこのことである。

「どうも。あんたらがグレゴール・キラーを逮捕したって噂の、でこぼこコンビ？」

派手な女——いや、御陵伽耶乃はにこやかに肩をすくめてサングラスを外し、あらわになった黒目がちの大きな瞳を輝かせながら、どこぞの雑誌モデルよろしくひらひらと手を振って見せた。

「でこぼこって、俺とカジさん、本部でそんなふうに呼ばれてんすか？」

「そんなもん俺が知るか。こいつが勝手に呼んでるだけじゃねえのか」

状況を整理しきれぬまま、加地谷は苦々しくぼやいて鼻を鳴らす。伽耶乃はそんな二人の刑事を矯《た》めつ眇《すが》めつ、興味深そうに眺めていたが、不意に腕組みをして首を傾げ、

「どんな優秀な刑事たちかなって楽しみにしてたけど、なぁんか昔ながらの堅物って感じ。熊みたいに威圧感はあるけど、本当に優秀なの？」

「あぁ？　熊だとぉ？」

不躾《ぶしつけ》な態度に苛立《いらだ》ちを覚え、加地谷はいきり立つ。伽耶乃はそれをものともせず、今度は浅羽に視点を定め、

「こっちはなんだか頼りないよねぇ。見た目には気を遣ってるみたいだけど、中身はなさそう。まだ若葉マークが外れてない感じ？」

「わ、若葉マーク……？」

ぐさりと心臓をひと突きされたみたいに、浅羽は胸の辺りを押さえてふらふらと後ずさった。なまじ相手が美人であるということからも、女に目がないこの男にとっては、そもそも異性に苦言を呈されること自体が大打撃であるらしい。青い顔をして、目に涙を浮かべる姿を見ると、つい同情してやりたくなってしまう。

「おい天野よぉ、いったい何なんだこいつは？　ずいぶんと馴《な》れ馴れしい口利いてくれるじゃねえか」

「ちょ、ちょっとカジさん、落ち着いて。相手はうら若き乙女なんすよ。もっと優しく、好意的に接しないと駄目じゃないっすか」

そう言って、咳払《せきばら》いをした浅羽が、気を取り直して女の前に踏み出す。

「どうも、うちの野蛮な相棒が失礼しました。あなたのような美しい女性にお会いでき

て光栄っす。しかも一緒に捜査ができるなんて、これ以上の幸運はありません。お近づきのしるしに今夜、荏原グランドホテルの最上階のバーで、夜景を眺めながら一杯いかがですか？　もちろん、伶佳ちゃんも一緒に三人で楽しみ――ふぐぅっ！」

突然、浅羽は奇怪な声を上げて地面に膝《ひざ》をついた。両手で股間《こかん》を押さえながら、どさりと横向きに倒れ込む。軽薄そうな顔には苦悶《くもん》の色が浮かび、脂汗を浮かべて白目をむいていた。倒れ込んだ浅羽の向こうには、細くしなやかな足を持ち上げた伽耶乃の姿がある。どうやら、喋《しゃべ》っている最中に大事な所を蹴《け》り上げられたらしい。

「お、おい浅羽、大丈夫かよお前？」

同じ男として、これには同情を禁じ得なかった。小刻みに痙攣《けいれん》しながら悶絶《もんぜつ》する浅羽を見ていると、こっちまで腰の辺りがむずむずしてくる。

「ごめんねぇ。痛い？　痛い？　あははっ。でも謝らないよ。自業自得だもんねっ」

悪びれる様子もなく、へらへらと間の抜けた笑いを浮かべる伽耶乃に対し、加地谷は鋭い眼差しを向ける。

「おいお前、警察ってのは確かに縦社会だ。クソみたいな上司でも、従わなきゃあならねえときもあるわな。だが、いくら道警本部から来た警部補さまだからってよぉ。所轄の刑事の股間を蹴り上げてもいいなんて決まりはねえと思うぜ」

「うわ、こわい顔ぉ。さすがは北海道。ヒグマだけじゃなくて、ヒグマみたいに凶暴な刑事もいるんだねぇ」

「あぁ？　誰がヒグマだ馬鹿野郎。あんまり調子に乗ってると……」

「わっ、ヒグマが怒った！　たすけてレイちゃーん！」

わざとらしく怖がりながら、伽耶乃は伶佳の後ろに隠れる。二十センチ以上も身長差がありそうなデカい女が、伶佳の背中に隠れようとしているのは滑稽《こっけい》以外の何物でもなかったが、今はそれを笑う余裕も、加地谷にはなかった。

「おいてめえ、ふざけたこと言ってないでこっち来い！」

「やだー！　毛むくじゃらの手で触らないでよっ」

加地谷が追えば、伽耶乃はひょいとそれを躱《かわ》す。そうやって伶佳の周りをぐるぐる回りながら、伽耶乃はひとしきり、加地谷のことを挑発し続ける。

「待って。落ち着いてください二人とも。ちゃんと説明……しますから」

間に挟まれ、困惑した様子の伶佳が声を上げた。加地谷は渋々引き下がるも、でかい図体《ずうたい》で伶佳の後ろに隠れ、舌を出してくる伽耶乃を鬼神が如き眼光で睨《にら》みつける。一触即発の空気の中、伶佳は頭痛を堪《こら》えるようにこめかみを押さえながら説明を始めた。

「さっきも言いました通り、御陵警部補は捜査支援分析室に所属する心理分析官です」

「つまり刑事じゃねえってことだよな？　そんな胡散くせえ奴が捜査なんてできるのかよ？」

「犯罪者の心理分析を専門に、プロファイリングを駆使して犯人を特定するのが心理分析官なんだよ。そんなことも知らないで、捜査するのが刑事だけだと思ってるなんて、やっぱり熊じゃん。それか熊並みの知性を持ったゴリラかな」

「なんだとぉ！　熊よりゴリラの方が知性はあんだろうが！」

顔を赤くしていら立ちをあらわにする加地谷。それに対し、伽耶乃は憎たらしい顔で舌を出し、さらに挑発する。低く唸《うな》りながらにらみ合いを続ける二人に挟まれながらも怜佳は、淡々とした口調のままで説明を続けた。

「二か月前、グレゴール・キラーこと美間坂創を逮捕した加地谷さんの功績は、実は道警本部では高く評価されているんですよ。あの後、私は方面本部長に色々と質問攻めにされて、加地谷さんの優秀さや行動力を例に出し、これからも凶悪事件に立ち向かうためにも、捜査に新たな観点が必要であることを進言しました。こと地方の所轄というのは人員が足りず、凶悪殺人犯を逮捕した経験のある捜査員が少ない傾向にあります。何かが起きた時、物量だけで勝負していては事件の早期解決には至らない。一方で、美間坂のようなシリアルキラーがまた現れないとも限らない。そんな時に詳細な犯人像を絞り込み、現場の捜査員を助けるのが心理分析班の役目です」

「で、こいつがその分析班の一員だってのかよ？」

冗談だろ、と続けて、加地谷は頭《かぶり》を振った。

「こんなチャラついた奴に犯罪者をつかまえることなんて出来るわけねえだろうが。っと、悪いな浅羽。お前もチャラいが、こいつよりはまあ、マシだろう」

「……お褒めにあずかり光栄っす」

痛みに悶《もだ》える浅羽を一瞥《いちべつ》してから、加地谷は再び伶佳へと視線を戻す。

「プロファイラーだかなんだか知らねえが、研修ってのはそいつのことなんだろ？　わざわざ現場に連れてきて、社会科見学でもさせる気かよ」

皮肉たっぷりに言うと、伶佳は困り顔で沈黙し眉《まゆ》を寄せた。

「なあ天野、お前はいつからハナタレ幼稚園児のお守りをするようになったんだ？」

「黙れ！　誰がハナタレ幼稚園児だこのおっさんゴリラ！」

「誰がゴリラだこのクソガキぃ！」

がなり立てる加地谷に対し、伽耶乃は伶佳を押しのけるようにして前に出た。

「ふん、上等だ！　そんなに言うなら、今からわからせてやる！」

ぴしゃりと告げた伽耶乃が、突然周囲を見渡し、それから真剣な面持ちになると、加地谷を素通りして遺体の方へと近づいていった。

「おい、何をするつもり……」

制止しようとした加地谷を、先んじて伶佳が止めた。その顔はいたって真剣で、言葉はなかったが「見ていればわかる」とでも言いたげに、ある種の自信に満ちた表情をしていた。

現場に立ち、深く息を吸い込んだ伽耶乃は、目を閉じて天を仰いだ。そうすることで、この場に滞った血の匂いを嗅《か》ぎ分けようとするみたいに。

「被害者は仕事帰りにこのそばを通りかかった。防風林の入口に争った形跡はなかったから、呼び止めたか、犯人が誘い込んだってことになる」

被害者の側に屈《かが》みこんで、伽耶乃は独り言を続ける。

「犯人は男性、年齢は二十代から三十代、そこそこ体格のいい人物。生活レベルは低くない。でも、豪遊はしないタイプだね。意識してつつましく生きてる感じ。女に興味がないわけじゃないけど、飢えているという表現は当てはまらない。遺体は人通りの少ない場所に放置されているけど、隠そうとしたわけじゃない。見つかることを前提に、こんな風に綺麗《きれい》に整えているんだろうね。財布からお金を抜いたのは強盗に見せかけるためだろうけど、凶器はその辺に落ちていた石だから、計画的じゃなくて行き当たりばったりの犯行。でもその一方で冷静に被害者を葬っている」

すらすらと、用意された台詞《せりふ》を読み上げるような口調で喋りながら、伽耶乃は立ち上がった。

「遺体は必要以上に損壊されたり、意図的に飾られたりはしていないから、快楽目的の犯行じゃない。顔の血をふき取ってることからも、むしろ高貴なものとして崇《あが》めているように感じられる。こういうのって、お葬式の時なんかに遺体を清めるアレみたいだよね。なんて言ったっけ……？」

「エンゼルケアですね。厳密には、死に化粧などを施し、服装を整えることを言いますが」

補足した伶佳に対し、「それぞれ、ありがとレイちゃん」と、伽耶乃は笑顔を向ける。

「なるほど。エンゼルケア殺人事件か。なかなかいい響きっすね」

うずくまったままで同意を求めてくる浅羽を無視して、加地谷は続く伽耶乃の言葉に集中する。

「遺体を大切に扱っているってことは、怨恨《えんこん》の線も除外できるね。犯人と被害者は初対面だったけど、ある程度の会話を交わしながらこの場所にやってきて、そして何かがきっかけになり彼女を殺害した。突発的な犯行で計画性はないから、現場がここじゃなきゃいけなかったわけでもない。殺し方だけを見れば突発的な無秩序型の犯行だけど、戦利品を持ち去った様子はないし、性的暴行を加えたり、マスターベーションを行った形跡もない。こんな風に綺麗な姿で放置した理由は、もしかすると自身の妄想の中にある他の誰かと被害者を重ねていたのかも……」

意味深に言いながら、振り返った伽耶乃の顔には、大好きなおもちゃを手に入れた子供のように無邪気な笑みがはっきりと浮かんでいた。犯人の動機や行動を分析し、推測し、その人物像を組み立てていく作業が楽しくて仕方がないとでも言いたげに。

「とりあえずは周辺の住民に聞き込みをして、該当する男性を捜してみて。女性って可能性もないことはないけど、死体を動かすのって力を使うから、うつ伏せを仰向《あおむ》けに変えるだけでも、慣れていなければかなりの重労働のはず。だから男性の可能性が高いね。たぶん無職で金に余裕のある人物だ。時間に追われるような生活はしていない。けど人は一定のテリトリー内でルーティンを作らずにはいられないから、決まった場所とか決まった店に現れるはず。周辺のお店の防犯カメラとか、調べておいた方がいいかもね」

「了解。加地谷さん、その方向で捜査を進められますか？」

伶佳に言われ、加地谷ははっと我に返る。が、すぐにイエスと口にすることは出来なかった。

「ふん、今のがプロファイリングかよ。俺には霊能者気取りの当てずっぽうにしか思えねえな」

腕を組み、鼻を鳴らしてそっぽを向いた加地谷。案の定、伽耶乃は真っ先に嚙《か》みついてきた。

「信じるか信じないかはあんたの自由だけどね。言っておくけど、プロファイリングは霊の力でも、特別な能力でもない。科学捜査なんだよ。膨大なデータを収集して分類、あらゆる前例と比較、検証して犯人像を導き出す技術なんだ。データは嘘をつかないし、殺人犯が人間である以上、そこには必ず合理的な行動理由が生じる。同じ犯行パターンが繰り返されるのは、捕まりたくない犯人が可能な限り『うまくいく方法』を繰り返すからなんだよ。その行動を分析して人物像を絞り込めば、犯人に辿《たど》り着ける。『刑事のカン』なんかより、よっぽど確実にね」

まくしたてるように言って、伽耶乃はふぅ、と息をついて肩をすくめた。

「そんなことも分からないで、プロファイリングをけなすなんて、とんだ世間知らずだね刑事さん？」

すぐさま反論しようと身を乗り出した加地谷だったが、伶佳が一歩早く割って入る。

「一応言っておきますが、五十嵐課長の承諾も得ています。『別班』は我々の指揮下に入り協力して捜査に当たるようにと。人員を割いてもらえない以上、ここで対立するのは良い選択とは思えません」

「ちっ、あのクソ狸が……」

無意識に毒づきながら、加地谷はがりがりと頭をかいた。伶佳はともかく、こんな訳の分からない小娘の言うことを聞くなんて癪《しゃく》だったが、上からの命令であれば従わないわけにはいかない。頭ではそう分かっているのに、どうにも苛立《いらだ》ちが収まらなかった。やり場のない怒りをどのように発散するかを考え、やがて思いついたように浅羽の許《もと》へ歩み寄る。

「てめえはいつまで寝てんだよ。さっさと聞き込みだ馬鹿野郎」

引きずり起こすと、浅羽は弱々しく「すいません」とかすれた声を出す。青ざめた顔を見る限り、相当ダメージが大きかったらしい。

「あ、それからもう一つ言っておくけどさぁ」

「なんだよ。まだ何かあんのかよ！」

怒りに任せて喚《わめ》きながら振り返ると、伽耶乃は再び伶佳の側に寄り、彼女の髪の毛を一束つまみ、それを鼻の下に持ってきてすんすんと匂いを嗅いだ。

「さっき、浅羽ちゃんの『男』を蹴《け》り上げたのは警告だから。一緒に捜査するとは言っても、ボクのレイちゃんに気安く近づいたりするのはダメ。これは警部補命令だよ」

「あぁ？　何言ってんだ。お前らそういう関係かよ」

吐き捨てるように言うと、途端に瞬《まばた》きを繰り返した伶佳が大慌てで手を振った。

「加地谷刑事、誤解しないでください。彼女はもともとこういう性格で、同じ部署に配属されてからというもの、こうやってあることないこと吹聴《ふいちょう》してですね……」

「やだなぁ。ボクはいつだって本気だよぉ。今回の出張だって、レイちゃんと一緒だからわざわざこんな所に来たんじゃないか。そろそろ観念してボクとめくるめく甘い夜を過ごそうよぉ」

「ちょ、やめ……やめてください。ここは殺人現場です」

餌をからめとろうとする蛇のように長い手足を伶佳に絡ませる伽耶乃を前に、加地谷は辟易《へきえき》する。分析官だかなんだか知らないが、この緊張感のなさは何なのかと溜息《ためいき》が漏れた。またしても血走った目で二人を凝視する浅羽をよそに、加地谷は何気なく事件現場を振り返る。

臨場した検視官が遺体のそばに屈みこむ姿を眺めていると、加地谷はふいに、言い知れぬ胸騒ぎのようなものを感じた。

――他の誰かと被害者を重ねていたのかも。

先程の、伽耶乃の言葉が脳裏をよぎる。それは、以前にもこれと同じような事件があったということなのか。今回の殺人とは違う、もっと前の……。

　何か、言い知れぬものに誘われるようにして記憶を辿った加地谷の脳裏に、意図せず唐突な閃《ひらめ》きが訪れた。神経という神経が激しく活性化され、記憶を刺激していた違和感の正体が露《あら》わとなり、影のようにくぐもっていたイメージが、やがてはっきりとした像を結んでいく。

「おい天野、悪いが聞き込みはそっちでやってくれ。制服警官を何人か使えるよう手配してもらうんだ」

「何か、思い当たることでも？」

　伶佳に問われ、加地谷はこくりと肯《うなず》いた。

「十五年前、これと似た事件がこの町で起きてたんだよ。ようやく思い出したぜ」

　加地谷は、ふと、手にびっしょりと汗をかいていることに気づく。胸騒ぎは、大きな鼓動へと変化して、加地谷の身体を内側から急《せ》き立てていた。この二か月間、全くと言っていいほど感じることのなかった高揚感、使命感、そしてある種の背徳感にも似た感覚。

　――何を興奮してやがんだよ、俺は……。

　心中で自分を罵《ののし》る間にも、身体の芯《しん》が震えるような、言い知れぬ感覚はいつまでもさめることはなかった。

3

茜へ

手紙ありがとう。

元気そうでよかった。こっちは相変わらずだよ。

父さんは仕事仕事で帰りは遅いし、休日は寝てばかり。母さんは少し小言が増えたかな。

二人とも、茜のことばかり気にしてる。送ってくれた手紙を見せたら、字が上手になったとか、難しい漢字も書けるようになっているとか、とにかくほめまくりだった。二人ともつくづく親バカだよな。


茜がいなくなってもう二か月だなんて、信じられない気分だよ。前は毎日顔を合わせていたせいでケンカすることも多かったけど、離れてみて思うのは、もう少しやさしくしておけばよかったたってこと。家族から離れて、一人で泣いている茜を想像したら、いつも胸が痛くなる。

こんな時にそばにいてやれなくて、本当にごめんな。

叔父《おじ》さんと叔母《おば》さんにはしばらく会ってないけど、俺が小さい頃、たくさんお世話になったのを覚えてる。

その時は直昭兄さんにサッカーの相手をしてもらったよ。その頃からアイドルが好きだって言ってた気がする。しばらく会ってないけど、元気（？）そうでよかった。

新しい学校は、茜のことだから心配してなかったけど、もう友達ができたなんて驚きだよ。やっぱりすごいな茜は。気が弱くて人見知りだけど、誰に対してもやさしくて思いやりがある茜だから、すぐにもっとたくさん仲のいい友達ができるはず。

だからさみしがらないで頑張れ。

それと、そのおじさんっていうのは本当に危ない人じゃないのか？

俺には叔母さんの気持ち、よくわかるよ。子供をねらうヘンタイっていうのは本当にいるし、そういう大人に子供が襲われたってニュースも見たことがある。そういう奴に限って見た目は普通で、こっちを油断させてくるものなんだよ。だから、いくらいい人だと思っても、そのおじさんにあまり気を許しちゃダメだ。

それに殺人事件だって起きてるんだろ？　なんだか物騒な町だよな。

とにかく俺は、茜が危険な目にあわないことを願ってる。

また今度、くわしい話聞かせてほしい。

それじゃ、また。

佑真

第二章

1

佑真くんへ

お返事ありがとう。こんな風に佑真くんと文通するなんて、なんだかおかしいね。前は一緒に住んでいて、いつでも好きな時におしゃべりできたのに、今はそれができなくて残念です。でも、お手紙のやり取りをするのも新鮮で楽しいから、悲しいことばかりじゃないね。

そうそう、この間の話の続き、書かなきゃ。

少し前に、なんとかっていう政治家の秘書が殺されちゃった事件があったんだけど、それとは別に、この町で起きた殺人事件があるの。仕事帰りの女の人が襲われて、死体が遊歩道の奥の池の側に放置されていたんだって。その遊歩道がある防風林は、叔父さんの家からもそんなに遠くなくて、近所の男の子たちが遊びに行ったりしているのをよく見かけるの。もちろん、事件の後は近づいちゃいけないって町内会でも呼びかけているから、その男子たちも遊ぶのはあきらめただろうけど。

　とにかく、その事件が起きてから、町の人たちはみんなピリピリしてる。表向きはみんな、いつもと同じなんだけど、ふとした時に怖い顔になる。お店に行っても、子供を連れたお母さんなんかは特に神経質で、一瞬でも気を抜いたら、子供が危険な目に遭うんじゃないかって不安になるんだと思う。

　そのせいかな。叔父さんや叔母さんもいつもより不機嫌で、佑真くんに手紙を出すから、封筒と便せんを買ってってお願いしても、「今忙しいから」なんてはぐらかされちゃったりするの。まだスマホなんて持たせてもらえないから、佑真くんとお話しするにはお手紙しか手段がないのに、叔母さんは私の望みを聞いてくれない。だから今回のお手紙も、自分のおこづかいで封筒と便せんを買ったんだよ。

　ゆりちゃんも、ほのかちゃんも、おうちの人に送り迎えをしてもらってる。殺人犯に狙われているかもしれないと思うと、やっぱり不安なんだと思う。

　そういう感じで、ここ最近は毎日のように殺人事件の話題が耳に入ってくるようになった。家にいても、学校にいても、影みたいにしつこくついてくるおかしな空気のせいで、どこにいても気分が落ち着かなかった。唯一、国道沿いの古本屋さんにいる時だけは、とても気分が落ち着いた。大きなお店で品ぞろえも良いから、私のおこづかいでも欲しい本が買えたりするの。

　少し前にね、そのお店で、佑真くんが読んでいた本を見つけたの。そう、『フランケンシュタイン』だよ。表紙に描かれている怖い顔をした大男が不気味で、手に取るのも少し抵抗があったけど、佑真くんが読んでいたのを思い出したら、すごく欲しくなっちゃった。その時はちょうどおこづかいを使い果たしちゃってて、お金が足りなかったんだけど、どうしても欲しくて……。

今を逃したらもう二度と手に入らない。誰か他の人にとられちゃう。そんな風に思うと、いてもたってもいられなくなった。だから、すごく悪いことだってわかっていたけど、本をこっそりカバンに入れて、お店を出ようとしたの。自動ドアを抜けて、お店の駐車場に出てから、うまくいったと思って安心した。そう思った瞬間にとても怖い顔をした店員さんに腕を強くつかまれた。

「きみ、それお金払ってないよね」

店員さんは私が答えなくても全部わかっている口ぶりだった。お店の中に連れ戻されて、何か言われているうちに騒ぎになってきて、私、どうしたらいいのかわからなくなった。ぽろぽろ涙が出て止まらなくて、でも店員のお兄さんは指が食い込むくらいに強くつかんだ腕を離してくれなくて……。

すごく怖くて、どうしたらいいかわからなくて、心の中でずっとごめんなさいってくり返してた。そんな時、助けてくれたのがあのおじさんだった。気づいたら目の前にいて、私を見下ろしていた。その場にいた大人たちはみんな怖い顔をしていたのに、その人だけは優しい顔をしていて、とても澄んだ目で、少しだけ驚いたみたいに私を見てた。

不思議なんだけど、そのおじさんの目を見た時にね、私、自分の置かれた状況も忘れてこう思ったの。この人、佑真くんに似てるって。

「あの、すみませんでした。うちの妹がご迷惑を」

おじさんはごく自然な口調で言って、店員さんに頭を下げた。何度も何度も謝るおじさんの顔を見上げながら、私は何が何だか分からなくて、ぽかんとしてたと思う。

「目を離さないようにしていたのに、ついはぐれてしまって……。妹は少しその、不安定なところがありまして……」

申し訳ありませんと繰り返し頭を下げるおじさんを、困ったように見ていた店員さんは、腰に手を当ててため息をついていた。

「代金、お支払いしますので、どうか……」

おじさんは財布から出したお金を支払って、レジの上に置かれていた本を私に手渡した。それから何も言えずにいた私の手を引いて、一緒にお店を出たの。

お店の敷地を出て、最初の信号の所でようやく立ち止まったおじさんは、私を振り返って、少し困ったように笑った。

「うまくいったね。でも、万引きはとても悪いことだよ。もし警察を呼ばれていたら、君は犯罪者になるところだった。それはわかるだろ？」

私はうつむいたまま、もごもごと口を動かして謝った。恥ずかしくて、情けなくて、今すぐ逃げだしたかったけれど、おじさんは私を叱るでもなく、ののしるでもなく、ただ優しく頭をなでてくれた。思わず顔を上げて見ると、おじさんはどこか不器用に、あのさみしそうな笑いを浮かべていた。

　やっぱり、佑真くんに似てる。そう思った。

「おじさんこそ、どうして助けてくれたの？　本当のお兄ちゃんじゃないのに」

　私の質問に、おじさんは少し首をひねって考えた。「おじさん……か」なんて言って、少し不満そうにしていたけど、私が胸に抱えていた本を指差してこう言ったの。

「実は、僕もその本が好きなんだよ。君がそれをじっと見つめて、悩んでいた姿を見ていたんだ。最初から盗むつもりじゃなかった。どうしようもなくてカバンに入れてしまった。つい魔が差したんだろうなって、そう思ったんだよ」

　悪気はなかった。それは本心だったから、わかってもらえてうれしかった。でも、後になればなるほど罪悪感が増してきて、自分が許せなかった。私がまたうつむいて黙り込んでいると、おじさんは身をかがめて、目線を合わせてこう言った。

「もちろん、だからと言って悪いことをしても許されるってわけじゃない。でもね、そんなつもりがなくても、つい――という気持ちは、僕にもよくわかるんだ」

　そう言ったおじさんは、さっきよりもずっと悲しそうに眉を寄せて、身体の痛みをこらえているような顔をしていた。私はそんなおじさんを見つめたまま、どんな言葉をかければいいのかわからなくて、じっと黙り込んだままだった。通りにはたくさんの人がいて、立ち止まったままの私たちを不思議そうな目で見ていた。

励まされていたはずなのに、気づけば私はどうにかしておじさんを励ましてあげなきゃいけないと思った。でも、やり方が分からなくて悩んでいた時、ふと胸に抱いたままの本の存在を思い出した。

「ねえ、この本、おもしろかった？」

私が問いかけるとおじさんは驚いたように顔を上げて、それからそっとうなずいた。

「もちろんだよ。これは児童向けに翻訳されているから読みやすいだろうしね」

おじさんの言う通り、私が抱えていた本の表紙には『フランケンシュタイン』の他に『子供のための世界文学』って書かれてた。来年には中学生になるのに、子供向けの本ってどうなんだろうと思ったけど、それは黙っておいた。

「おじさんも、これと同じ本を持っているの？」

「僕のはすごく古いものだから、君には少し読みづらいかもしれないね。でも内容は一緒のはずだよ。自ら生み出した怪物によって、何もかもを失ってしまう哀れな男の話さ」

「怖い話なんだよね？」

「そうだね。見ようによっては怖い話と言えるだろうね」

「ふぅん、やっぱりそうなんだ……」

そう言った私の声が不安そうに聞こえたみたいで、おじさんは慌てて取りつくろった。

「確かに怖い場面はあるかもしれないけど、それだけじゃないんだ。この話の主人公はね、すごいことができると信じて怪物を造った。そのことが原因で、多くの人が悲しむことになるんだけど、主人公はそうなるとわかっていて怪物を造ったわけじゃない。悪いことだとわかっていてやってしまったのは、たぶん『一時の気の迷い』だったんだよ。その証拠に、彼はその後、怪物を造ってしまったことを強く後悔するようになる」

「それじゃあ、今の私と一緒だね」

おじさんは少し笑ってうなずいた。

「さっきも言った通り、そういうことはきっと、誰にでも起こり得るものなんだよ。この主人公はとても優秀で頭がいいけれど、決して特別な人間じゃない。僕たちと同じように間違いを犯すし、失敗もする、平凡な男なんだ。そう思うと、とても親近感がわいてくるんだよ」

そう言って笑ったおじさんの顔は、なんだかつらそうで、私はその表情につい引き込まれてしまった。

おじさんがとても大きな悲しみを抱えていることは、なんとなくわかったけれど、それが何なのか質問するのは、きっとよくないことなんだろうなって思った。

「読み終わったら、感想を言うね」

私がそう言うと、おじさんはほんの少しだけうれしそうに笑ってくれたの。

少し長くなっちゃったね。続きはまた今度書くことにします。

お返事、くれたらうれしいな。

それじゃあまたね。

茜より

2

事件発生の翌日、現場付近の聞き込みもそこそこに二人がやって来たのは、市の南部に位置する萌木町《もえぎまち》の交番だった。国道に面した市立図書館の並びにある昔ながらの交番といった感じで、常に入口の扉が開かれたままなのも、市民と近い距離を保とうという開放的な印象を受けた。掲示板には署で見かけるものと同じ掲示物がいくつも貼られているほか、町内会のバザーや市立高校の吹奏楽部による演奏会、そして小学校の飼育小屋から逃げ出したウサギの行方を捜すチラシなんかが掲げられていた。駐車場にパトカーがないので、パトロールの最中であるらしい。

加地谷としては、好都合であった。

「ねえカジさん、いい加減教えてくださいよ」

助手席のドアを閉めた浅羽が、不満げに言った。

「ここが殺人事件の捜査と関係あるんすか？　現場からだいぶ離れてますけど。つーかパトロール中でしょ。誰もいないんじゃないすか」

敷地内を見回しながら、浅羽は怪訝《けげん》そうな声を出す。

「うるせえな。いいからてめえは黙ってついてくりゃあいいんだよ。おら行くぞ」

有無を言わせぬ口調で言い放ち、加地谷は開放された戸口から交番の中へ足を踏み入れた。

「おい、邪魔するぞ」

やはり、入ってすぐの机に警官の姿はなかった。奥に向かって呼びかけると、小上がりになった先の畳敷きの部屋から短い応答があり、年配の男性がのそりと顔をのぞかせた。

「お前……加地谷か……？」

「久しぶりだな。君島《きみじま》のおっさん」

昔ながらの呼び方で返すと、相手は感心したように顎《あご》を撫《な》で、嬉しそうに表情を緩めた。

「何が久しぶりだ。ろくに便りも寄越さねえくせに、ひょっこり現れやがって」

憎まれ口をたたく君島と加地谷とを交互に見据えながら、浅羽は置いてけぼりにされたみたいに、ポカンとしていた。

「あの、カジさん、どういうことっすか？」

「君島さんは六年前までうちの署にいた元刑事だ」

え、と声を上げて、浅羽は改めて君島を見やる。

「そんじゃあ、カジさんのお友達ってことすか？」

「そんなもんじゃねえよ。ただの顔見知りさ」

「おいおい、随分な言い草じゃねえか加地谷。まだ新米だったお前に捜査のイロハをたたっこんでやった恩人に向かってよ」

がはは、と豪快に笑いながら、君島がのっしのっしとこちらに近づいてくる。加地谷に勝るとも劣らぬ体格の持ち主で、華奢《きゃしゃ》な浅羽と並ぶと、そのデカさが一目瞭然《りょうぜん》だった。

「久しぶりだな、元気にしてたのか」

「そっちこそ、まだしつこく警察組織にしがみついているとはな。交番相談員だかなんだか知らねえが、あんたみたいな強面《こわもて》がいたら子供が怖がって逃げちまうぜ」

「大きなお世話だ。これでも近所の子供の間じゃあ人気者なんだよ」

再びがはは、と豪快な笑い声が交番内に響く。

「聞いたぞ加地谷。お前、グレゴール・キラーを逮捕したんだってなぁ。大したもんだ。垣内《かきうち》もあっちで喜んでるだろうよ」

「……さあ、それはどうかな」

曖昧《あいまい》に濁したものの、自分や垣内のことをよく知る君島にそう言われて、加地谷は悪い気はしなかった。

「そっちこそ、若い警官のお守りには慣れたのか？」

「どいつもこいつも、出来が悪くて困ってるよ。昔のお前が優秀に思えるくらい、ここの連中は尻《しり》が青くてな」

君島は複雑そうに顔をしかめて苦笑する。皮肉な物言いではあるが、言葉通りの意味ではなく、親しみを込めての発言だろう。面倒見の良い性格は相変わらずらしい。

荏原署から別の署に異動し、その後定年退職した君島は、再雇用されて交番相談員となり、若い警官の指導およびサポートを行っている。警察の正職員だった頃とは違い、非常勤職員という身分となった今、君島に法的権限はない。だが市民の相談に迅速に応じ、然《しか》るべき措置を取ることで犯罪被害を未然に防いだり、小学校の登下校時間に合わせて交番前で見守り活動を行って、周辺住民との交流を図ることで地域からの信頼を得ているようだ。

「そっちは今の相棒か？」

「うぃっす。浅羽です」

軽く会釈をする浅羽に、君島はじろりと厳しい視線を向ける。相手を素早く値踏みするような眼差《まなざ》しは刑事だった頃と何も変わっていない。気の小さい犯罪者ならすぐに萎《い》縮《しゅく》し、洗いざらい犯行を自供してしまいそうな威圧感を前にしても、臆《おく》する素振りを見せぬ浅羽に感心した様子で、君島は満足げにうなずいた。

「まあ立ち話もなんだ。こっち来て上がれ」

「いいのか？　交番を空にしないために相談員がいるんだろ」

「誰か来たらすぐにわかる。まだ子供たちの下校時刻でもないし、パトロールに出た連中もすぐに帰ってくるさ」

なるほど、と応じて、加地谷と浅羽は奥の休憩室に移動する。小さな丸テーブルを間に挟んで座り、加地谷たちには冷蔵庫から出した麦茶を、自分には出がらしのお茶を用意し、ごくりと飲み干した君島は、

「それで、今日はどうしたんだ。まさか、俺の顔が見たくてわざわざやって来たってわけじゃあないんだろう？」

そう、改めて問いかけてきた。どうやら、加地谷の考えていることはお見通しということらしい。そういうことなら単刀直入に話を進めるまでである。

加地谷は「まあな」と短く応じ、上着のポケットから鑑識が撮影した現場の写真を取り出すとテーブルの上に広げた。

「おい加地谷、もしかしてこれ、昨日の事件の……？」

「そうだ。被害者は二十代の女性で、後頭部を殴打されたあと遊歩道の奥の池のそばに遺棄されていた。おそらく犯人は被害者の遺体を地面に寝かせ、足をそろえて手を組ませ、目と口を閉じた状態で放置。第一発見者は遺体を見て、『まるで眠っているようだ』と思ったそうだ」

加地谷が説明を終えてからも、君島は一言も口を挟むことなく、真剣な面持ちで写真を凝視していた。

「あんたならこれを見て何か感じるところがあるだろ。意見を聞かせてくれないか」

君島は困惑をあらわに加地谷を見て、またすぐに写真へと目線を落とす。

「意見ったってなぁ。俺はもう刑事を辞めて何年も経つんだぞ。手掛かりが欲しいなら、聞き込みなり何なり……」

「そういうことじゃあねえんだよ。今さらあんたに頼らなきゃ捜査できないなんて弱音を吐くつもりはねえ。ただ、この写真を見て既視感みたいなもんを覚えねえかって聞いてるんだ」

既視感。その言葉を口中に繰り返しつつ、君島は再び写真に視線を落とした。たっぷりと十数秒、そのままの体勢ですべての写真を念入りに確認した君島は、やがてあることに思い至り、はっと表情を強張《こわば》らせた。

「まさか、お前……」

曖昧な問いかけに対し、加地谷はそっと首を縦に振る。それだけで、二人の間では意思の疎通が成立していた。

「確かに、言われてみれば同じだが……」

「だからあんたの所に来たんだよ。これはもしかして——」

テーブルに手をつき、前のめりになった加地谷が本題に入りかけた時、傍らの浅羽が強引に割り込んだ。

「ちょ、ちょっと待って。二人で以心伝心してないで、俺にも教えてくださいよ」

置いてけぼりにされたことが不満であるらしい。加地谷と君島は互いに視線を交わし、加地谷が促すような素振りを見せた後で、君島は溜息《ためいき》とともに語り出す。

「この遺体の状況は、十五年前に起きた少女殺害事件の様子とよく似ている。当時、俺が担当した事件で、加地谷はたしか、まだ交番勤務だったか？」

無言のまま加地谷は頷《うなず》いた。

「へえ、カジさんにも若かりし制服警官時代があったんすね」

「当たり前だ。キャリアでもねえ限り、誰だって最初は制服組だろうが」

「それはそうなんすけど、なんか想像つかないっていうか……」

浅羽にとって、加地谷は十二年前に犯罪現場で出会った時のイメージが強いのだろう。あの頃はまだ刑事としての経験が少なく、地に足がついていなかった。それでも、犯人を捕まえて犯罪被害者に寄り添うということを自分なりにやっていた。空回りすることもあれば、理不尽にどやされることもあった。厳格な縦社会である警察組織にいる以上、上司が黒と言えば白でも黒と答えなければならない場面だって、数えきれないほど経験してきた。だが、この君島という人物は、そういった組織の中にありながら、一本芯《しん》の通った刑事だった。

今でこそ、刑事課長を筆頭にした刑事課の連中は事件の捜査を点数稼ぎとしかとらえず、常に手柄を他人からかすめ取る算段をする連中ばかりだが、君島がいた頃は違っていた。捜査員はみなチームとして一丸となり、多くの犯罪者を牢屋にぶち込んできた。あの頃の経験があったからこそ、刑事としての自分が形成されたのだと、加地谷は思っている。そして時に厳しく、時に温かく自分を指導してくれた君島のことを、今も尊敬していた。

だからこそ今回、彼がずっと気にかけていたこの事件のことが頭をよぎったのだろう。君島は古い捜査資料のコピーを取り、いつもデスクの引き出しの奥に忍ばせていて、折に触れてはそれを取り出し、難しい顔をして眺めていた。今も犯人は逮捕されず、未解決のまま忘れ去られようとしている十五年前の事件。

資料は探せばきっと、今も署に保管されている。それこそ自分たち『別班』の主な仕事は書類整理なので、見つけるのは苦ではないかもしれない。だが、加地谷は直接、君島に会って話を聞きたかった。他の誰よりも十五年前の事件に精通し、深くかかわり続けた元刑事の率直な意見を、その直感的な印象を聞いてみたかったのだ。

「なんだ加地谷。お前、ちょっと見ない間に、雰囲気変わったんじゃねえのか？」

「あぁ？　俺が？」

「ああ、変わったよ。垣内のことがあって以来、別人みたいにしおらしくなっちまったのに、今はすっかり昔に戻ったみたいだぞ」

唐突にそんなことを言われ、加地谷は目を瞬《しばたた》いた。君島はどこか、しみじみした様子で腕を組み、感心したように何度も首を縦に振っている。自分では何も変わった気などしていないが、もしそう思われる要素があるとしたら……。

加地谷はちら、と浅羽の方を振り返る。

「え、何すか？　怖い顔すんのやめてくださいよ」

両手で顔をかばうようにして身構える浅羽に苦笑し、加地谷は頭《かぶり》を振った。

一瞬でも、こいつのおかげで自分に変化があったなどと思ったことを、加地谷は素早く脳内で訂正する。

「とにかく、教えてくれ。十五年前の事件のこと。場合によっちゃあ、あんたの求めていた答えが得られるかもしれねえぞ」

加地谷の申し出に、君島は何度か瞬《まばた》きを繰り返してから、深くうなずいた。そういうことなら、とばかりに熱い茶を啜《すす》った君島は、記憶の倉庫の中から重い荷物を引っ張り出すようにして、事件の概要を語り始めた。

「十五年前、町はずれの河川敷で、子どもの遺体が発見された。その日もちょうど雨が降っていたよ。殺されたのは青柳《あおやぎ》このみという九歳の女の子だった。後頭部を鈍器のようなもので殴られた後、川に落ちて死亡。死因は溺死《できし》だが、発見時に遺体は川から引き上げられており、棺桶《かんおけ》に入れられる時のように『綺麗《きれい》な』恰好《かっこう》で横たわっていたという」

「マジすか。その状況って、今回の殺人事件と同じじゃないすか」

「ああ、十五年もの時間を挟んで、こんなにもそっくりな事件が起きるなんて、普通じゃねえよな」

思わせぶりに相槌《あいづち》を打って、加地谷は君島に話の続きを促した。

「幼い少女を狙った卑劣な殺人事件として荏原署に捜査本部が設置され、道警本部からも続々と捜査員がやってきて捜査が進められた。現場から少し離れた地域では当時、小学校を中心とした地域開発が進んでおり、多くの住宅が軒を連ねていた。そのほとんどが家族世帯だったことも、事件の早急な解決が求められた要因の一つだった」

「当然と言えば当然っすよね。住人たちにしてみれば、凶悪な殺人犯がうろついているうちは、子供の身が心配でならなかったでしょうし」

浅羽にしては珍しく、もっともらしい意見だった。

「被害に遭った少女を最後に目撃したのは同級生の少年だった。当時、河川公園の遊具には大勢の子供たちがいたが、天候が悪化し、一人二人と家に帰り始めていた頃、公園から河川敷の方へ向かっていく青柳このみの姿を目撃したそうだ。どういう経緯で川の方へ向かったのかは不明。本人の意思だったのか、それとも、誰かに連れていかれたのかもな」

「容疑者はいたんすか？」

浅羽の問いかけに、君島は「いたさ」とうなずく。

「長尾《ながお》広史《ひろふみ》という、当時大学生の男が容疑者として浮上した。この長尾という男は、普段から怪しい挙動のある奴でな。一度、公園の公衆トイレに小学二年生の女の子を連れ込もうとしたことがある。幸い、迎えに来た母親が発見して事なきを得たが、もし邪魔が入っていなかったら大変なことになっていただろう」

「くっそ気分の悪い話っすね。そのクズが、青柳このみちゃんを殺した犯人だったんすか？」

嫌悪感を剝《む》き出しにした浅羽が怒りを含んだ口調で訊《たず》ねる。途端に表情を曇らせた君島が曖昧《あいまい》に首をひねった。

「確かに長尾は怪しかった。だが、どれだけ調べを進めても、犯人であるという証拠は出なかったんだ」

「そんな……」

浅羽がもどかしそうに声を上げ、加地谷を振り返る。その表情を前に、加地谷は十五年前、自分がまったく同じ気持ちを抱いたことを思い返していた。

「本人は一貫して犯行を否認していたし、被害者には犯人のものらしきDNAも残っていなかった。現場付近で目撃されたという証言もひどく曖昧なものでな。恐ろしい事件が起きて、普段からその近辺で危険視されていた長尾を、誰もが怪しいと思い込んでいただけだということがわかってきたんだ」

「そいつ、本当に犯人じゃなかったんすか？　証拠が出なかっただけで、本当はそいつが……」

君島が頭《かぶり》を振って、浅羽の発言を遮った。

「いいや、捜査を進めるうちに、犯行時刻に長尾が繁華街の防犯カメラに映り込んでいることがわかったんだ。奴にはアリバイがあった。犯行を行うのは不可能だとして捜査対象から外された。それっきり、捜査は暗礁に乗り上げちまったのさ」

浅羽はそれを聞いて、落胆したように肩を落とした。だがそれ以上に、君島の顔には深い後悔の色が滲《にじ》んでいる。容疑者がいなくなってしまったことで、事件は振出しに戻り、そして未解決のまま十五年の時が過ぎた。その間、君島はいくつもの事件を解決し、加地谷をはじめとする後進を育て、退職した後にもこうして、町の安全のために身を捧《ささ》げている。そんな彼を尊敬している後輩は決して加地谷だけではないはずだ。しかし、当の本人は、かつて解決できなかったこの事件のことをいつまでも引きずっている。たぶん、刑事ではなくなった今でもそうなのだろう。

今日、こうして彼の許《もと》を訪れたことは、ある意味で残酷な仕打ちだったかもしれない。それでも、他の誰よりも当時の事件を追いかけ、今も心のしこりとして手放さずにいる君島にしか見えていない何かがあると、加地谷は信じていた。そういう意味で、今回の事件は新たな突破口となるかもしれない。

「君島さん、当時のことはまだ覚えてるよな？」

「当たり前だ。一日だって忘れたことはない」

「だったら、その写真を見て気になることはないか？」

卓上の写真を一瞥《いちべつ》し、君島は眉間《みけん》の皺《しわ》を深めた。そして、しばらく考え込むような素振りを見せた後で、こんなことを言い出した。

「この事件にはっきりと関係があると断言はできないが、実はこれと似たような手口の事件が、他にもいくつか起きているんだ」

「なに？　本当かそれは」

加地谷が身を乗り出す。同じようにテーブルに肘《ひじ》を突き、ぐっと前のめりになった君島は言った。

「一件目は今から十年前。その次が六年前。いずれも犠牲になったのは女性で、犯人は捕まっていない。もっとも、二件とも事故で処理されているがな」

「詳しく教えてくれ」

君島が語ったのは、次のような内容だった。

十年前、八月の蒸し暑い夜。被害に遭ったのは当時中学三年の少女だった。彼女が所属する吹奏楽部は練習が厳しいことで有名で、帰宅するのはいつも午後八時を回っていたが、この日は九時を過ぎても帰らなかった。娘の帰りが遅いことを心配した両親が車で様子を見に出たところ、道端に少女の荷物が落ちているのを発見した。慌てて車を降りた両親は更に、道路脇にある用水路の側、草むらの中に横たわる我が子の姿を発見した。

少女の死因は後頭部を強打したことによる硬膜下血腫《けっしゅ》であった。警察は事故と殺人の両方の線で捜査を進めたが、人通りの少ない田舎道ということもあり、捜査は難航。被害者にはトラブルを抱えていたような相手もおらず、また、現場は街灯の明かりもまばらで、車が通れば端に寄らなくてはならないほど道幅が狭いことから、少女が足を滑らせて転落し、落ちていた石で後頭部を打ったというのが最終的な見解だった。

それから四年後、今から六年前の秋頃に、荏原市内の美術大学構内にある噴水の中に死体が浮いているという通報があった。駆け付けた警官が発見したのは、この大学に通う十八歳の女子学生で、コンクールのために夜遅くまで居残りをして絵を描いていたところを、大勢に目撃されている。

現場検証の結果、噴水の縁には被害者のものと思《おぼ》しき血痕《けっこん》が残っており、前日は雨が降っていたため、タイル敷きの地面が滑りやすくもなっていた。現場には争った形跡などなく、犯罪の匂いを感じさせる目立った痕跡《こんせき》も見当たらなかったため、この女性の死もまた事故死として片付けられていた。

「……それぞれ、事故ってことになってはいるんだがな、現場で遺体を見た時、俺は真っ先に思ったんだ。遺体が綺麗すぎるってな」

「綺麗すぎる……それはつまり……？」

先を促す浅羽に、君島は頷《うなず》いて見せた。

「どっちの遺体も、この写真みたいに仰向《あおむ》けに寝かされて両手を組んでいた。まるで誰かが手厚く葬ろうとしたみたいにな」

「エンゼルケアだ。それ、今回の事件と同じっすよ」

声を上げて、浅羽が加地谷を見た。それに対し、加地谷も視線で頷く。

「そのこと、報告はしなかったのか？」

加地谷の問いに、君島は当然とばかりに頷き、鼻息を荒くした。

「したさ。だが上は聞き入れちゃくれなかった。後頭部の傷が殴られたものか、転倒によるものかの判断がつかなかったってのも大きな理由だった。それに、目撃者もいない。関係者ならともかく、ゆきずりの犯行だったとしたら、特定はほぼ無理だ」

「いわゆる、ストレンジャー殺人ってやつっすね」

浅羽が重々しい口調で呟《つぶや》き、腕組みをした。ストレンジャー殺人とは、被害者と加害者との間に、面識関係のない殺人事件を指す。その日会ったばかりの相手や、たまたま強盗に入った家の主《あるじ》を殺害した場合、あるいは一方的に思いを寄せ、恨んだりして殺人へと発展するストーカーによる犯行もこれに該当する。

こうした場合だと、犯人の特定は非常に困難を極める。近所に住む前歴者を当たったところで、犯人が初犯であれば意味がないし、遺留品を手掛かりにしようにも、個人を特定するものでもなければ、誰の持ち物かを特定するのはやはり難しい。

二つの事件は、それぞれの被害者にトラブルを抱えていた様子が見れらず、財布の中身も手付かずで、性的暴行を受けた形跡もなかった。このことから、二件とも事故という結論に至ったというわけである。

「どっちも、十五年前の事件と関係があるとは考えられていなかった。だが俺は、遺体の様子がどうしても気になった。それだけじゃない。二件目が起きてから更に四年後には、最初の事件があった住宅地付近で、妙な男に襲われそうになった、連れ去られそうになったという女性からの通報が続いた時期があったんだ。すぐに警察が動き、パトロールの回数を増やした結果、幸いにも目立った事件は起きていないが、怪しい人物を特定することもできなかった」

「やっぱり、長尾って奴が犯人だったんじゃ？」

少女を狙う変態という事前情報から、浅羽はそう想像したらしい。

だが、君島は眉間に深い皺を刻んだまま頭を振る。

「長尾は十年前の事件の少し前に、勤務先の学習塾で度重なる女子児童へのわいせつ行為が発覚し、逮捕されて実刑をくらってる。犯行が起きた時は拘置所にいたはずだ」

「それを聞いて安心しましたよ。いや、でも被害者がいるってことは安心してもいられないってことっすよね。やっぱ許せねえ。そいつ、今頃は外に出て来てるんすか？」

握りこぶしでテーブルを叩《たた》き、浅羽は身を乗り出した。安心したり怒ったりと、つくづく忙しい男である。

「一度は外に出たが、その半年後に今度は商業施設内のトイレで盗撮、少女へのつきまとい、わいせつ行為の強要と、性犯罪のオンパレードでな。一番最近じゃあ児童ポルノサイトを違法に運営し、それが摘発されて捕まったそうだ。ここ数年はムショに入ったり出たりを繰り返しているよ」

「もはやかける言葉もないっすね。できれば一生、女の子のいない世界に閉じ込めておいてほしいっす」

普段は浅羽の意見など聞こうともしない加地谷だったが、この時ばかりは同感だった。この世の中には、力もなく抵抗もできず、恐ろしい目に遭っても声さえあげられないような子供を狙う変質者が、信じられないほど多く生息している。小さい子を持つ親からしてみれば、目にうつる人間すべてを疑いたくなることだろう。大人だから被害に遭ってもいいと言うつもりなど毛頭ないが、年端も行かない子供が犠牲になる事件というのは、それだけで精神をごっそりと削られるような気持ちになるものだ。

だからこそ、尚更《なおさら》この事件の犯人を野放しにしておくわけにはいかない。絶対に捕まえなくては。

そう内心で独《ひと》り言《ご》ちたところで、君島が気を取り直すように咳払《せきばら》いをした。

「とにかく、長尾はこれらの件には無関係だ。もし気になるなら面会に行って本人と話してみるといい。人を殺す度胸などない小物だってことがすぐにわかる」

「それじゃあ結局、手掛かりらしきもんは何一つないってことか？」

率直に言うと、君島はしばし逡巡《しゅんじゅん》し、苦々しい顔を見せる。

「実は一人、怪しいと思っていた奴がいたにはいたんだが……」

「なんだよ、あんたにしちゃあ歯切れの悪い言い方だな」

加地谷の指摘に、君島はしてやられたとばかりに肩をすくめ、苦笑交じりに口を割った。

「最初の事件の被害者、青柳このみには少し年の離れた兄がいる。名前は青柳史也《ふみや》。十五年前は十三歳で、事件の第一発見者でもある。本人はいなくなった妹を捜していたと言っているが、犯行時刻のアリバイはない」

「十三歳ってことは、中学生の兄貴が妹を殺したっていうのか？　動機は何だ？」

「まさか、その兄貴も小さい女の子趣味の変態だったとか？」

浅羽の質問を首を横に振って否定し、君島は加地谷の質問に応じる。

「この兄妹《きょうだい》はお互いの親の連れ子でな。特にこのみの方が両親にかわいがられていた。十三歳といえば思春期真っ盛りだ。親に甘えるなんて馬鹿馬鹿しいという態度を取りながらも、史也は内心で妹を疎ましく感じていたという可能性がある」

「親に相手にされないのが妹のせいだから、腹いせに殺したと？」

「ない話じゃないだろう？」

同意を求められはしたものの、その意見を受け入れる気にはなれなかった。確かに少年の気持ちとしては頷けなくもないが、殺人の動機としては拍子抜けだ。

「仮にそうだとして、妹の遺体を水の中から引っ張り出し、綺麗《きれい》に整える理由はなんだ？　憎んでいた相手の遺体をそんな風に弔ったりはしないだろ」

「その点に関しては今もさっぱりわからん。殺してしまったことを後悔しての行動だとしたら、自首でもしてきそうなものだが、その気配はなかった。長尾が容疑者から外れた後、この青柳史也にも捜査の手が伸びたんだが、犯罪を犯すようなタイプではなく、ごく普通の読書好きな中学生というのが正直な印象でな。カッとなって人を殺すようにも見えなかった。おまけに親は地元でも有名な資産家とくれば、捜査本部が二の足を踏んだのもうなずけるだろう」

確かに、相手は未成年でしかも被害者遺族でもある。あからさまに疑ってかかるには、相応の理由が必要だ。

「だが、君島さんはその史也ってガキが怪しいと睨《にら》んだんだろ？」

問いかけた加地谷にぐぐ、と詰め寄り、君島は「そうなんだ」と声を潜める。

「近所の住人に聞いた話じゃあ、史也は野良猫や野良犬を捕まえて悪戯《いたずら》をしたり、殺してしまったこともあったなんて噂がある。実際にその当時、近くの住宅地で動物の死体が頻繁に見つかる騒ぎがあったらしくてな」

あくまで噂だが、と付け足すように言って、君島は眉間《みけん》の辺りを揉《も》んだ。確かに不穏な話ではあるが、それでもまだ加地谷は青柳史也への疑いを持つ気にはなれない。

「噂は噂だろ。結局、警察が調べても、容疑者に値するほどの情報も物証も出なかったんだよな？　いくら親に相手にされないからって義理の妹を殺すなんてこと、普通のガキなら思いつかねえはずだ」

君島はむぅ、と押し黙り、ごま塩頭をかいた。おそらくは彼自身、史也を疑うことに対して懐疑的な気持ちを拭《ぬぐ》いきれなかったのだろう。アリバイの有無を考えれば犯行は可能かもしれない。だが、犯行を行う確固たる動機が見えてこない以上、被害者遺族を軽々しく疑うことなどできないというジレンマに苛《さいな》まれていたのではないか。

「あんただって、一度は史也が無実であることに納得したんだろ？」

そうでなければ、君島が捜査を途中で投げ出すはずがない。たとえ上からの指示だとしても、実力行使で史也を締めあげてでも、真相を暴き出そうとしたはずだ。君島がそれをしなかったということは、やはり相応の理由があったはずなのだ。

「ああ、それはな……」

わずかに言いよどんだ君島の顔に、ふっと影が差す。これまでとは別種の、陰鬱《いんうつ》な雰囲気が君島の表情を覆い、暗く沈ませていくかのようだった。

「事件の後、両親は以前よりずっと史也につらく当たるようになった。もともと継母《ままはは》との関係がうまくいかずにぎくしゃくしていたところへ、妹の死が重なったせいでな。幼い娘を溺愛《できあい》していた両親の悲しみようは凄《すさ》まじく、悲しみがやがて怒りへと転じ、史也に向けられるようになったんだ」

娘の死の代償を息子に払わせるということか。互いの連れ子であるというのに、なぜ史也ばかりがそんな目に遭っていたのだろう。

「父親はもともと史也の教育に力を入れていたんだが、娘の死後には史也を跡取りにするのをやめてしまった。高い授業料を払っていた家庭教師も、進学塾も辞めさせて、私立校から公立校へと転校させてしまった。食事も最低限しか与えず、日々繰り返される暴力で史也を徹底的にいたぶった。毎日毎日、妹の死の原因はお前にあるんだと責められ、史也は徐々に精神を病んでいった。学校に行かなくなり、家に引きこもるようになっても、両親からの攻撃は止むことはなかった。児童相談所の職員が何度か訪問していたようだが、さっきも言った通り、青柳家は代々続く資産家だ。強く訴えることができずに、すごすごと追い返されていた。その頃には、警察も史也を疑うことはしなくなっていたよ。もし史也が本当に妹を殺していたなら、我々ではなくあの父親が史也を警察に引き渡しているはずだと。だがそうしないということは……」

「史也は本当に無実だったと、そういうことか」

君島はゆっくりとうなずいた。

「妹の死は史也の仕業じゃない。俺自身、一度はそう納得したんだが……」

またしても、君島の口調が重くなる。加地谷は口を挟もうとせず、根気よく次の言葉を待った。

「……事件から二か月ほど経って、史也の両親が亡くなった」

「亡くなった？」

「心中だよ。娘を失った悲しみから抜け出せず、自ら命を絶ったんだ」

急な展開に、加地谷と浅羽は思わず顔を見合わせた。そう反応するのが当然だとでも言いたげに、君島は肩をすくめる。

「二人の遺体を発見したのは、皮肉にも史也の同級生だった。学校に来なくなった彼にクラス全員で色紙を書いて家に届けることにしたんだ。だが、家を訪ねても反応はない。そこで一人が庭に入り、窓越しにリビングを覗《のぞ》き込んだところ、吹き抜けになった二階の手すりにロープをひっかけ、首を吊《つ》っている両親を発見した」

「まさか、史也がやったのか？」

加地谷の問いに、君島は頭《かぶり》を振る。

「いや、その二日前に、史也は精神科に入院している。父親の用意した病院に半ば強制的にな。体のいい厄介払いだったのか、あるいは自殺する姿を見せまいとしたのか。今では判断が難しい。だがそのおかげで、史也に容疑はかからなかった」

話し終えると、君島は深く息をついた。さっきまでとはまるで別人のような、疲れ切った顔をしている。吐き出した長い息は、ただの呼吸か、それとも重々しい溜息《ためいき》だったのだろうか。

「それで、その後はどうなったんすか？」

浅羽が尋ねると、君島は首だけを巡らせてこちらを向く。

「史也は精神科病院から戻ってきたが、面倒を見てくれる親類もなく、札幌《さっぽろ》の児童養護施設に入ることになった。十八歳までの五年間、史也はそこで過ごし、高校卒業後にこの町に戻って来た。以来、父親から相続した家で暮らしている。近所の連中に幽霊屋敷なんて呼ばれてる、あの家でな」

そう言って、君島が窓の外を指差した。緩やかな傾斜のついた道に沿う形で、いくつもの住宅が立つ町並み。その一角にある大きな一軒家。

「今から十年前。史也が帰ってきた年に、さっき話した女子中学生の死亡事故が起きた。

その四年後には美大生の死亡事故。そしてさらに四年後の不審者騒動。この騒動の現場付近で目撃された怪しい人物の特徴が、青柳史也に当てはまるんだ」

窓の外をじっと見つめたまま、君島はそう結んだ。

「でも……でもっすよ。それらの事件が、史也によって起こされたっていう確証は、今のところ何もないんすよね？」

「ああ、ない。死亡した二人の少女や襲われそうになった女性と青柳史也との間にも、まったくつながりはなかった」

「だったら……」

結論を述べようとした浅羽が、しかしハッとして言葉を切った。

身じろぎもせず直立し窓の外を見つめる君島が、あまりにも思いつめた顔をしていたからだった。

「わかってるんだよ。全部、自分の都合のいい解釈で事件を関連付けようとしているってことは。だがそれでも俺は考えずにはいられない。青柳史也が妹の死の責任を負わされ、両親の自殺という悲劇に見舞われた哀れな少年を装っていたとしたら？　邪魔な妹を排除し、両親すらも死に追いやった冷酷な一面が、彼の中に潜んでいたとしたら？　虫も殺さぬ仮面の下に、見るもおぞましい――まるで別人とでもいうべき悪魔の顔が潜んでいたとしたら……」

そこでわずかな間を挟んでから、君島はゆっくりと視線を持ち上げ、加地谷と浅羽を順に見据えた。

「目的のために幼い妹を殺害することなど何とも思わない怪物のような男は、今も野に放たれたまま。そしてこの町では、断続的に死者が出る。理由は分からんが、綺麗に葬られた女性の死体がな」

口を結んだ君島の顔には、もはや引きはがすことなど不可能に思えるほどの、痛烈な後悔の念が張り付いていた。

十五年前、事件を担当した時にほんのわずかに感じたであろう違和感や疑惑。そういったものから目をそらしてしまったことで、彼は生涯、その後悔から逃れることが出来なくなってしまったのかもしれない。

「なあ加地谷、俺はもう刑事じゃない。お前らみたいに捜査は出来ない。そのことについて今更心残りもないが、こうして警察組織にしがみついているのは、この事件のことがいつまでもひっかかっちまっているからだ。それは自分でもよくわかってる。だから……」

「だから、何だ？」

加地谷が促すと、君島は少しばかり照れくさそうに後頭部をかいた。

「この事件は、お前に終わらせてほしい。勝手なことを言うようだが、お前にしか頼めない気がするんだ」

君島はこの通りだ、と続けて頭を下げた。以前よりずっと白髪の増えたその頭を見つめながら、しかし加地谷は複雑な想いに囚《とら》われていた。君島の話は、あくまで彼の頭の中で組み立てた仮説にすぎない。一連の事件に青柳史也が関わっていないという確証はない。だが同時に、彼が関わっていたという確証もまた存在しないのだ。

青柳史也を疑うべきだったのか、それとも疑わなくて正解だったのかというジレンマにも似た気持ちを引きずりながら、君島は定年後の今もこの町に留《とど》まり、古びた交番のかび臭い部屋の窓から、遠くに佇《たたず》む青柳邸を眺めているのだろう。

解放してやらなければならない。そう、強く思った。

「らしくねえなぁ。そんなしおらしいこと言うなんて、君島さんも年を取っちまったってことか」

茶化すように言って、加地谷は片眉《かたまゆ》を吊り上げた。君島はわずかに沈黙した後で、微《かす》かに苦笑する。

「確かに、年を取ったな。すまなかった。老兵の戯言《ざれごと》だと思って、この話は忘れて——」

「だが、興味が湧いたよなぁ、その青柳史也ってやつによぉ。なあ浅羽?」

君島の言葉に被《かぶ》せるようにして、浅羽に問いかける。

「そうっすね。伽耶乃ちゃんがプロファイリングで示した犯人像と一致するかどうか、検証しないといけませんし」

「お、お前たち……」

君島は二人を交互に見て、それから目を伏せた。口元には、わずかながら笑みが浮かんでいる。

「定年したじいさんがいつまでも昔の事件のことで悩むなんて、身体に毒だぜ。重い荷物はさっさと手放して、孫と砂遊びでもしてるのがちょうどいいんだよ」

まだ若く、勢いばかりで突っ走っていた自分に、どっしりと腰を据えて捜査することの大切さを説いてくれた先輩刑事をじっと見据えながら、加地谷はそう嘯《うそぶ》いた。

「馬鹿が……」

それっきり、君島は何も言わなかった。ただ、複雑そうな笑みを鬼瓦《おにがわら》のような顔に浮かべ、二人の後輩刑事にもう一度、深く頭を下げた。

3

茜へ

殺人事件のことは、こっちのニュースでもやってる。こんな恐ろしい事件が茜の住んでいるすぐそばで起きているってわかった時、みんなで肝を冷やしたよ。母さんなんて取り乱しちゃって本当に大変だった。

あまり一人で出歩いたりしないで、戸締りをしっかりしろよ。叔父《おじ》さんと叔母《おば》さんは共働きだから、家に一人でいることも多いだろうけど、くれぐれも気を付けて。

あ、でも直昭兄さんがいるから、そういう意味では安心かな。

それと、不思議なおじさんのこと、話してくれてありがとう。

茜が万引きなんて、正直すごくおどろいた。茜はちゃんと反省しているだろうから、父さんと母さんには内緒にしておくよ。

話を聞く限りだと、そのおじさんは悪い人ではないみたいだ。でもまさか、茜が『フランケンシュタイン』に興味を持つなんて思わなかったよ。俺も、最初に読んだときはぴんと来ない部分もあったけど、だんだん好きになっていった。おじさんが言う通り、主人公の苦悩する姿に引き付けられるし、怪物が抱く『人間みたい』な感情も、すごく真に迫ってる気がするんだ。

茜も読んでみて、色々なことを感じてほしい。感想、俺も楽しみにしてる。

こっちの近況は――っていっても、特に変化なんてない、退屈な毎日だよ。父さんも母さんも相変わらず。強いて言えば俺がサッカー部でレギュラー入りしたってことくらいかな。でもまあ、部員十五人もいない弱小チームだし、大会だって毎回一回戦負けだから、大したことないんだけど。

でもまあ、せっかく試合に出られるんだからがんばらなきゃとは思ってる。もうすぐ秋の大会があるから、毎日練習でクタクタだけど、楽しくやってる。

茜も、読書するのはいいことだけど、もっと外でスポーツとかしておいた方がいいぞ。まだ小学生なのに運動不足なんて、カッコ悪いだろ？

追伸

みんなでスキーに出かけた時の写真を同封しておいた。
この時、確か途中にあったレストランでケンカになったんだよな。みんなで写真撮ろうって言ってるのに、茜だけちょっとすねてて面白い顔になってるよ。

佑真

第三章

1

佑真くんへ

手紙と一緒にみんなの写真まで送ってくれたのに、私のお返事が遅くなっちゃってごめんなさい。

それと、万引きのこと、お父さんとお母さんに黙っててくれてありがとう。今も本当に悪いことしちゃったって後悔ばかりだよ。もう二度としないから、安心してね。

久しぶりに佑真くんの顔が見られてとてもうれしいよ。事故のせいでサッカー続けられなくなっちゃうかと思ったけど、安心しました。

中学に上がったばかりなのに、サッカー部のレギュラーに選ばれるなんてすごいね。来月の大会はたくさんがんばらないとね。

私の方は、あまり元気じゃないんだ。今日は学校を休んで、一日お家《うち》で過ごしていたの。こんな風に言うと、佑真くんはきっと心配するよね。でも安心してね。ちょっと階段を踏み外して、足をくじいちゃっただけ。直昭さんにいきなり呼び止められて、びっくりしちゃって、ね。

　直昭さんは、この頃、自分のお部屋を出られるようになったんだよ。私にアイドルのCDとかコンサートのDVDを貸してくれてね、どれがおすすめだとか、推しはどの子だとか、そういう話をたくさんしてくれるんだよ。

　でも、叔父さんや叔母さんとは、相変わらず話したくないみたいで、出てくるのはもっぱら二人がいない時か、みんなが寝静まってから。

　たまに怖くなるのは、夜遅くに目が覚めると、直昭さんが部屋にいて、椅子に座っていたりすること。暗闇でじっとこっちを見ている二つの眼が、なんだか白く光っているように見えて、すごく怖かった。私が起き上がると、直昭さんは何も言わずに部屋から出て行っちゃうんだけどね。

　本当は叔父さんや叔母さんと話したいのに、それができなくてさみしいのかな。


　そうそう、この前の続きを書くね。

　助けてもらった日から、私とおじさんはたまに古本屋さんで顔を合わすと話をするようになった。公園のベンチに座って本の感想を言い合ったり、おじさんにおすすめの本を教えてもらったり。おじさんは嫌な顔一つせずに私の話を聞いてくれるし、退屈そうにしないで笑ってくれる。だからとっても話しやすいの。

おじさんはお父さんの遺産がたくさんあるおかげで、働かなくても生きていけるから、毎日本を読んで過ごしているんだよ。

でも、それだけたくさんの本を読んでいても、一番に思い入れがある本は『フランケンシュタイン』なんだって。昔、お父さんが最初におじさんに買ってくれた特別な本だから、思い入れがあるって言ってた。佑真くんも図書館であの本を借りて、何度も読んでいたよね。夏休みの読書感想文がコンクールで銀賞をとったこと、今でも覚えてるよ。

興味が持てなかったけど、今ならちゃんと読むことができる。そう思って読み始めたんだけど、想像していた以上に悲しいことばかりが起きて、途中で何度も読む手が止まっちゃった。でも、佑真くんの大好きなお話だから、がんばって最後まで読んだんだよ。

そのことを話したら、おじさんは少し驚いたような顔をして言ったの。

「実は僕にも妹がいたんだ。小さい頃に死んでしまったけど、君によく似ている気がする」

私を助けてくれたのも、その妹に似ていたから助けなきゃと思ったんだって。私はその話を聞いて、すごくうれしくなった。だって、私とおじさんにはお互いに兄妹《きょうだい》がいて、それぞれがその兄妹に似ているなんて、すごく運命っぽい。ちょっとでき過ぎな気もしたけれど、おじさんが私にウソをついたりはしないと思ったから、全然気にならなかった。

殺人事件のせいで町は暗い雰囲気でいっぱいだったけれど、私とおじさんの間にだけは、春のそよかぜみたいに穏やかな時間が流れてた。嫌なことがあっても、おじさんと話ができれば元気が出てくるんだ。

物語の中の二人——ヴィクターと怪物も、私たちみたいな関係だったらよかったのに。そしたら、ヴィクターの家族も、大切なひとも、死んじゃったりせずに楽しく過ごせたかもしれない。誰も悲しまないで、笑っていられたかもしれないのに。

佑真くんがこのお話が好きだって言った理由、少しだけわかる気がするよ。恐ろしい怪物を生み出してしまったヴィクターが抱える苦悩とか、大切な人が犠牲になる悲しみとか、家族に本当のことを打ち明けられない苦しみとか。何より彼はすべての原因を作っちゃった自分が一番許せない。だから罪滅ぼしのために怪物を追いかけている。でも、私は怪物のこともとてもかわいそうだと思った。誰かに大切にされたい、仲間に入れてもらいたいって思っていたのに、醜さのせいでそれができなくて、とても悲しんだ。自分をそんな姿に造ったヴィクターを恨みたくなるのもきっと、仕方がないことだったんだよね。

お互いに憎み合っていても、あの二人はどこかで求め合ってる。もしも状況が違ったら、仲良くなれたかもしれない。でもきっと、そういう結末にはならない。悲しい終わり方をするんだって想像がついちゃう。だから余計に読むのが怖いんだよね。

読み終わった時、私は真っ先に佑真くんのことを考えたよ。そして、同じようにこの物語を好きなおじさんのこともね。

私が気になるのは、おじさんがどうしてこの物語を好きなんだろうってこと。もしかしたらおじさんも、ヴィクターに自分を重ねているのかな。

例えばそう、大切な人が、自分のせいで苦しんでしまったとか、いなくなっちゃったとか。ひょっとすると、妹さんのことが関係あるのかな……。

今度、機会があったらきいてみたいな。

茜より

追伸
たしかに私は運動不足かもしれないけど、体育の授業は成績いい方なんだよ。佑真くんほどじゃないかもしれないけど、サッカーだって得意なんだから。
そのうちまた、一緒にやろうね。

2

近くで見ると、青柳家は思った以上に老朽化が進んでおり、豪邸と呼ぶには少々、雰囲気が異なっていた。建物の外壁はレンガ造りで、やや古風な印象。その半分以上にツタが生い茂り、深い森の奥にそびえる魔女の館といった外観をしていた。庭をはじめとして敷地内はほとんど手入れがされておらず、ブロック塀の一部が崩れていたり、敷石が割れていたりと荒れ放題だった。建物と一体化した車庫の前にもぼうぼうと草が茂っていて、長い間車を出し入れしていないことは確かめるまでもなかった。

「なるほど、こりゃあ確かに『幽霊屋敷』っすね。俺が小学生だったら探検に来たくなるかも」

浅羽は盛者必衰を体現したような青柳邸を見上げ、しみじみと言った。

「青柳史也の両親の霊でも出るってのか？　バカが。そんな噂信じるのは、それこそ青っ洟《ばな》たらした小学生かお前くらいなもんだろ。それに、いくらボロくても住人がいる以上は、幽霊屋敷ってことにはならねえんじゃねえのか？」

「お、カジさん。ここで幽霊屋敷の定義について話しちゃいます？　俺、それを語り出したら止まりませんよ」

加地谷が答えるのすら待たず、浅羽はつらつらと、どこで仕入れたのかも怪しいような知識を喋《しゃべ》り始めた。相槌《あいづち》を打つのも面倒だったので、勝手に喋り続ける浅羽を無視して、加地谷は青柳家の門をくぐり玄関へと歩き出した。

「――ってちょっと、聞いてんすかカジさん」

「聞いてねえよ馬鹿野郎。しょうもねえ知識をそんなに喋りたいなら、その辺の地蔵にでも話しかけとけ」

ぴしゃりと言い放ち、加地谷はあちこちから雑草の生えた石畳の上を歩く。青柳家の庭は広く、子供用の小さなブランコや、ビニールプールの残骸《ざんがい》などが打ち捨てられたように散乱していた。その奥には物置小屋があり、脇には雑草を踏みならしたような小道ができていた。おそらく、建物の裏手に回る道なのだろう。手入れはされていなくても、定期的に人が行き来しているうちに、その部分が踏みならされた様子だった。

「せっかくの庭も、これじゃあ台無しっすね。俺がこんな家に住んでたら、毎週バーベキューとかしちゃうのになぁ」

「ふん、毎週バーベキューなんて、よっぽど休みの日にやることがねえんだな。近所迷惑も考えず煙を上げて、一日中わいわい騒ぐのがそんなに楽しいのかよ?」

「文句を言われないようにご近所さんも誘えばいいんすよ。ていうか、その時はカジさんも参加してくださいね」

「嫌だね。俺の胃はお前みたいなやつの焼いた肉なんて受けつけねえ」

「意味が分からないっすよそれ」

ブチブチと文句を言う浅羽をよそに、加地谷はふと浮かんだ疑問を口にする。

「青柳史也も、友達付き合いはないみたいだなぁ。金があって仕事はしてねえ。他に家族もいないとなると、普通は遊び相手の一人や二人いるはずだが」

こんな荒れた家に人を呼ぶということはなさそうである。一人納得する加地谷の横で、同じように庭を眺めていた浅羽が小難しい顔をして、

「いくらお金があっても、友達と過ごすのが楽しいと思えるタイプじゃなきゃ、余計な人付き合いはしないいんすかね。まあ、その方がトラブルに巻き込まれなくて済むっていい

うメリットもあるか。常に家にいるから空き巣にも入られないし」

「それで楽しいのか？　いい年した大人が誰とも会わず家にこもりきりなんてよぉ。隠居を決め込むには、まだ早いだろうが」

「ついさっき、バーベキューする人間をディスってたカジさんがそれ言います？」

「適度な人付き合いはボケ防止にもつながるんだよ」

適度な、の部分を強調して加地谷は言った。

「まあでも、今はスマホで簡単に外界と繋《つな》がれますからね。職場で一匹狼、家では妻と息子に無視されて独りぼっちのカジさんの方が、よっぽど孤独かも。ほら、よく言うじゃないっすか。ひとりでいるよりも、大勢の中にいる方が孤独を感じるって」

「うるせえな馬鹿野郎。俺は別に孤独なんかじゃねえ。いい加減なこと言ってっと、ばあさんに弁当作ってもらってること天野にばらすぞ」

軽く頭を小突いてやると、浅羽は途端に頭《かぶり》を振った。

「ちょ、やめてくださいよ！　クールでイカした俺のイメージが台無しじゃないっすか！」

「馬鹿かてめえは。そんなもんはとっくに崩壊してんだよ」

慌てて抗議する浅羽にそう吐き捨てると、加地谷はインターホンのボタンを押す。程なくしてスピーカー越しに「はい」と応答する声があった。加地谷は軽く咳払《せきばら》いをしてから、警察であることを伝え、少し話を聞かせてほしいと申し出る。

「――少々、お待ちください」

ややあって、ドアの向こうに気配があった。ガチャリとドアを開き顔を見せたのは、二十代後半と思《おぼ》しき男。事前に写真などで確認はしていないが、この男が青柳史也なのだろう。

「突然すまないな。あんたが青柳史也か？」

「そうですけど、僕に何か？」

史也はひどく警戒した様子で半歩身を引き、不安そうに加地谷を見た。それから傍らでへらへらと締まりのない笑みを浮かべている浅羽を一瞥《いちべつ》してから、再び加地谷に視線を戻す。まっすぐに向けられた垂れ気味の目は、一見温厚そうな印象を与える。意外に鼻が高く、右の泣きボクロが整った顔にアクセントを添えている。控えめに言って浅羽よりイケてる顔だ。親の遺産を相続し、仕事もせずに毎日ぶらぶらしている割には、引き締まった身体をしていて、身長の高さも相まってか、モデルのようなシルエットである。シンプルなデザインの白いシャツに黒のデニム。玄関には履き古したスニーカー。そういったところを見る限り、贅沢《ぜいたく》をしている様子は感じられない。

「昨日、緑町《みどりまち》の方で殺人事件があった。そのことについて、少し話を聞かせて欲しいんだが……」

加地谷は先手必勝とばかりに、懐から被害者の写真を取り出し、史也の眼前に突きつけた。わっと声を上げ、身体を後方に仰《の》け反らせた史也は、目のまえに突きつけられた写真をしばし眺め、それが被害者のものであることに気付いた途端、再び声を上げて慄《おのの》いた。

「な、なんですか……その写真は……」

取り乱すのは普通の反応だ。いきなり遺体の写真を見せつけられて平静な顔をしていられたなら、大いに疑う理由になったのだが、そう簡単にはいかなかったようである。

「カジさん、いきなりそんなもん見せるのはまずいっすよ」

浅羽が慌てて加地谷の手から写真を奪い取り、史也に「すんません」と頭を下げる。

普段なら邪魔をするなと怒鳴りつけてやるところだが、捜査関係者でもない相手に重要な捜査資料を開示しているわけだから、今回に限っては浅羽の意見を素直に受け入れることにする。

「どうして僕にそんなものを……」

「ちょっと話を聞かせてほしいだけだ。別に取って食ったりしねえよ」

史也はしばし警戒した様子で躊躇《ためら》っていたが、やがてドアを押し開き、二人を中に迎え入れた。

青柳家の玄関は広々としており、外観とは対照的に小綺麗《こぎれい》に整頓《せいとん》されている。下駄《げた》箱の上には機械仕掛けの置き時計があり、文字盤の下で小さなバレリーナがくるくると踊っていた。

あまり使われた形跡のないスリッパに履き替えて長い廊下を進んだ先のリビングは天

井が高く、開放感のある空間となっていた。見上げると二階まで吹き抜けになっていて、奥にはドアが三つ並んでいた。玄関と同様にリビングも綺麗に片付いており、清潔というよりはむしろ、無機質ともいうべき整然さであった。ダイニングテーブルにはコンビニの袋と弁当が広げられていたので、食事中だったようだ。ろくなおかずの入っていないノリ弁当に、飲み物は五百ミリリットルの麦茶。普段からこういうものを食べているのか、それとも自炊しているのだろうか。

生活に困らない人間というのは、思いのほか食事に対する欲求が少なくなるという話を聞いたことがある。もちろん個人差はあるだろうが、史也もそういう類《たぐい》の人間であるのかもしれない。

勧められるままにソファに座り、史也がお茶を用意してくれている間、室内を見回すと、壁際に置かれたキャビネットの中に何冊もの古い本がこちらに背表紙を向けて並べられていた。さらに天板の上には、しまい忘れたとでも言いたげに一冊置かれている。立ち上がり、手に取ったその本のタイトルには『フランケンシュタイン』と記されていた。そこらの書店で見かけるような単行本とは違い、少々波打っている古めかしい革の装丁で、箔押《はくお》しのタイトルと『メアリー・シェリー』なる著者名以外に記載はない。裏返してみても、値段はおろか、出版社名すらも記されていなかった。

「お、『フランケンシュタイン』じゃないすか。いいっすねえ」

「読んだことあるのか？」

「いや、ないっす」

肩ごしに覗《のぞ》き込んできた浅羽は、あっさりと頭を振った。

「でも、映画なら見たことありますよ。一九三〇年代の白黒のやつが、雰囲気があっていいんすよねぇ」

浅羽は熱のこもった口調でしみじみと言うが、さほどの興味を感じられず、加地谷は適当に相槌を打つ。

「あれだろ、なんかフランケンシュタインっていうつぎはぎの大男に襲われる話だよな」

「ざっくりしてますねえ。そんなこと言ったら、ホラー映画なんて、かなりの確率で大男に襲われたり追いかけられたりしますよ」

呆《あき》れたといった口調で返しながらも、浅羽は鼻息を荒くし目を輝かせている。どうやら、オカルト好きの血が喚起されたようだ。

「それにカジさん、間違ってますからね。フランケンシュタインってのはそもそも、大男の怪物の名前じゃないんすよ」

「あぁ？　何言ってんだお前。どう考えても怪物っぽい名前じゃあねえか。見た目もあんなだしよぉ」

反論するも、浅羽は頑《かたく》なに首を横に振る。

「いやいや、そうじゃなくて、それは怪物を造った医者の名前なんですって。ほら、なんて言ったかな……ヘンリー……いやピーター？」

「——ヴィクターです」

背後から声がして、二人は同時に振り返る。テーブルに紅茶の入ったカップを並べ、トレイを脇に置いた史也は、

「ヴィクター・フランケンシュタイン。それが主人公の名前です。ちなみに医者ではなく研究者ですよ」

そう付け加えた。

「そうそう、それっす。カジさん、わかりましたか？」

偉そうに問いかけてくる浅羽を無視して、本のページをぱらぱらとめくっていると、史也がごく自然な動作で加地谷の手から本を取り上げ、キャビネットの扉を開いて中に収める。

「大事な本なので」

どこか言い訳のように言ってから、史也は一人がけのソファに腰を下ろした。加地谷は毒気を抜かれたような気持ちになって、浅羽と目を合わせ肩をすくめる。

「それで、ご用件は？」

急《せ》かすように言われ、二人はソファに座り直して話を切り出した。

「質問が前後しちまうが、昨日の事件のことは知っているか？」

加地谷の問いに、史也は曖昧《あいまい》にうなずく。

「殺人事件が起きたことはニュースを見て知りました」

返答を聞きながら、加地谷は改めて懐から取り出した写真をテーブルに並べていく。君島に見せたのと同じものだ。史也はカップを口につけるのをやめ、テーブルの隅の方にそっと置いた。

「発見された遺体の状況が、十五年前に起きたある事件の被害者の状況とよく似ているんだ。あんたの妹が殺された事件だよ」

「はあ、そうですか……」

興味なさそうに答えながらも、史也の目は被害者の全身を写した写真に釘付《くぎづ》けである。

「犯人はまだ捕まっていない。気にならないか？」

問いかけると、史也は眉《まゆ》を寄せ、怪訝《けげん》そうに加地谷を見た。

「刑事さんは何がおっしゃりたいんですか？　まさか、妹を殺した犯人がこの女性のことも殺したとでも？」

「あくまで可能性だ。まだ断言は出来ねえ」

加地谷は努めて冷静に、こちらの心中を気取られぬよう意識して無表情を貫いた。

「どうしてそれを僕に？　犯人を捕まえるのは警察の仕事ですよね。それとも、僕を犯人だと疑っているんですか？」

吐き出す言葉にわずかながら敵意を含ませて、史也は言った。

十五年前と同じように。そんな心の声が聞こえてきそうだった。

「それはまだわからねえ。今後の捜査と、あんたの対応次第だな」

「……正直なんですね。刑事さんは」

史也はぼそりと呟《つぶや》き、それから自嘲《じちょう》気味に笑った。

「十五年前のことについては、もう散々話しました。僕があそこに駆け付けた時、妹はもう死んでいた。犯人らしき人物の姿も僕は見ていない」

「妹は何故一人で川に近づいた？　魚でも釣ろうとしていたのか？」

挑発的な軽口に気を悪くする様子もなく、史也は首をひねった。

「妹は、いつも僕の後をついてきたんです。両親には面倒を見るように言われて公園に連れて行ったけど、僕は友達と遊びたかった。それで目を離した隙にいなくなってしまって……」

「わかるなぁ。俺も昔は妹に付きまとわれて大変だったんすよ。面倒見ないとばあちゃんにどやされるし、でも妹とばかり遊んでいたら友達に冷やかされたりするしで、当時は色々悩みましたもん」

「ええ、僕もそうでした」

史也の顔に初めて、自然な笑みが浮かぶ。

「兄妹《きょうだい》仲は良かったのか？」

「少なくとも妹は僕を慕ってくれていたようです。でも僕は、ある日突然紹介されて、今日からお前の妹だと言われても、なかなか受け入れることはできなかった。今にして思えば、妹を邪険に扱っていたのも、そういう身勝手な父親に反抗する気持ちがあったからだと思います」

――近所の犬や猫を殺していた……。

君島から聞いた話が脳裏をよぎる。当時、十三歳という思春期のど真ん中にいた史也の胸には、今となっては口にするのもはばかられるような、様々な感情が渦を巻いていたことだろう。その反動が彼を殺人行為に走らせたという可能性は否定できない。そう思う一方で、今目の前にいるこの穏やかそうな男が、犬や猫を殺すように、義理の妹を殺すことなどできるのかという疑問もあった。それを判断するには、自分はこの男のことを知らなすぎる。

「それで妹を死なせちまったんだから、両親はあんたを強く憎んだってことか」

「……そうですね」

今更思い出したくもないとでも言いたげに、史也は頭《かぶり》を振った。素っ気ない口調に反して、その顔には様々な感情が見え隠れしている。妹の死を自らの責任と捉《とら》え、今も苦しんでいる兄。それが最もイメージしやすい史也の人となりであった。

「その両親も心中し、あんたは天涯孤独の身か。それについてはどうだ？」

「僕を虐待していた両親が都合よく死んで、家も遺産も手に入ったことについて、ですか？」

やや挑戦的な口調で、史也が返してきた。加地谷は努めて平静を装い、そっと首を縦に振る。

「……別に、何とも思いませんよ。精神科病院に無理やり入れられて、出てきたと思ったらいきなり一人になってたってだけです」

「でも、両親が自殺した家に一人で住むっていうのは、ちょっときつくないすか？　俺ならよそに引っ越すけどなぁ」

空気を読まない感じで浅羽が口を挟む。史也はほんの一瞬、視線を上方へと向けて何事か考え込んだ。その視線が両親が吊《つ》るされていたであろう手すりを見据えていることに気付くと、浅羽はばつが悪そうな顔をして黙り込む。

「とにかく、あの事件に関しては、僕も被害者なんです。妹があんなことにならなければ、僕だって……」

こんなに苦しむことはなかった。そう言いたげに、史也は眉を寄せてうつむいた。失った時間は取り戻せないし、人の命もまた取り戻すことはできない。もし史也が犯人でないなら、あの時、自分がもっと妹を気にかけていたらと思わずにはいられないだろう。疎ましく思っていたとはいえ、自分を慕ってくれた妹だ。死んでしまって悲しくないはずはないのだろうから。

話をするうちに、加地谷は目の前の青年を犯人と疑うことに抵抗を覚え始めていた。表情も、口調も、態度に至るまで、過去の出来事について語る史也からは、強い後悔の念や罪悪感がひしひしと伝わってくる。過剰な演技でアピールするでもなく、言葉巧みにこちらの印象を操作しようとするでもなく、ありのままの気持ちを語っているであろう史也の言動全てに、自責の念が強くにじみ出ているのだ。

君島が今も十五年前のことを引きずっている気持ちが、少しだけわかった気がした。長尾という変態を疑うのと同じように、青柳史也を殺人犯と信じられたらどれほど楽だっただろう。それができないのは、ひとえにこの青年の『人殺しなどできるはずがない』と思わせる人間性が、彼の無実を強く訴えかけてくるからだった。

邪魔な妹や両親を死に追いやり、その後も殺人行為を繰り返すシリアルキラー。そのイメージに青柳史也は一致しない。それこそ犯人のイメージとは真逆だ。別の人種と言ってもいい。十五年も前のことをほじくり返され、刑事とはいえ赤の他人に言いたい放題言われても、史也は眉を逆立てることすらしない。感情的ではなく、簡単にカッとしたりしない性格というのは、伽耶乃のプロファイリングが示す犯人像とはかけ離れている気がする。伽耶乃はプロファイリングで無秩序型の犯人像を導き出した。犯行は行き当たりばったりで非計画的とも。もし今目の前にいるこの男が犯罪を行うとしたら、どこまでも計算を重ね、絶対に捕まらないために練り上げた計画を一分の狂いもなく実行するだろう。犯行現場に足跡を無数に残し、その場にあった石で殴りつけるような即席の犯行を行うタイプには、どうしても思えなかった。

そういった観点に立つと、この青年に怪しいところは感じられない。根拠を尋ねられたら、それこそ『刑事のカン』としか言いようがないが、それでもやはり、史也からは殺人に取りつかれたシリアルキラーという性質は感じられない。

もしこれが警察を欺くための仮面だというのなら、君島の言う通り史也の心の奥には恐ろしい怪物が潜んでいることになるだろう。それがどんな姿をしているかは、まるで想像もつかないが。

──こりゃあ、他を当たるしかねえな。

加地谷は内心で判断を下した。ほんの少しだけ、君島に対する申し訳なさを感じはしたものの、それとこれとはまた別の話だ。加地谷の印象としては、今の段階で史也に怪しい点はない。そしてその心証こそが、現時点では唯一の判断材料でもあった。

「ついでに訊《き》くが、一昨日《おととい》の夜、あんたはどこで何をしていた？」

最後に、形ばかりの質問をしてこの場を辞去しようと思い、加地谷はテーブルの写真を集め、手帳と一緒に懐にしまい込んだ。

「一昨日は家にいましたよ」

やはり、アリバイを聞かれても嫌な顔一つしない。疑われることへの不安すら、微塵《みじん》も感じさせない落ち着いた表情だった。

「誰か、それを証明できる人間は？　友達でも、恋人でもいい」

「それは──」

言いかけたところで何故か言葉を切り、史也は視線を持ち上げた。その先を追って振り返ると、リビングに入ってすぐの所に、いつの間に現れたのか一人の女性が仁王立ちしている。

「史也くん、こちらの方々は？」

「琴絵《ことえ》、この人たちは——」

「まさか、刑事？」

史也の答えも待たず、琴絵と呼ばれた女性は腕組みをして、鋭い眼差しを二人の刑事に向けた。

「どうも、こっちは加地谷刑事、俺は浅羽っす。こちらの美人のお名前は——」

「お帰りください！」

突如として放たれた怒号めいた叫び声が、びりびりと鼓膜を震わせた。あまりの剣幕を前に、鼻の下を伸ばしていた浅羽は肩をビクつかせて飛び上がった。

呆然《ぼうぜん》と立ち尽くす浅羽へとずんずん迫り、女性はさらに声を荒らげる。

「警察がいったい何の用ですか？　また昔みたいに史也のことを疑ってるの？」

「おいお嬢さん、落ち着いてくれ。別にそういうわけじゃあねえんだ。十五年前の事件について、少し聞きたかっただけさ」

「十五年前の……」

女性はそう呟《つぶや》き、わずかに言葉をさまよわせたが、すぐに鋭い眼光を取り戻し、二人の側に近づいて胸を突き出すと、腰に手を当ててふんぞり返った。

「今更、あの事件の何を知りたいの？　このみちゃんが死んじゃったのを史也のせいだなんて言って警察が無理な取り調べをしたせいで、史也の心は深く傷ついたのよ。ご両親が亡くなったのだって、変な噂のせいで嫌がらせがあったからよ」

「嫌がらせって……」

初めて聞いた情報に困惑する浅羽。助けを求めるようなその視線を受け流し、加地谷はじっと女性を見上げる。

「ところであんた、名前は？　こっちの彼とはどういう関係なんだ？」

「久間《ひさま》琴絵よ。この近所に住んでる幼なじみで、荏原美術大学で講師をしてる。史也のこともこのみちゃんのことも、あんたたちなんかよりずっとよく知ってるわ」

「へえ、たとえばどんなことを知ってるんだ？」

挑発的に問いかけた加地谷をさらに睨《にら》みつけ、琴絵は言った。

「あなたたち警察がどんなふうに考えているかは知らないけど、史也とこのみちゃんはすごく仲のいい兄妹だった。血の繋《つな》がりなんてなくても、史也は彼女の面倒を見ていたし、このみちゃんは史也を慕ってた。その史也が、このみちゃんを殺すはずないじゃない。いったいどういう思考でそういうことになるの？」

問いかけた言葉にこちらが答える隙も与えず、琴絵は更に続けた。

「それに、さっきの話だけど、史也のアリバイならちゃんとあるわ。一昨日の夜は、私もここにいたんだから」

「ほう、あんたが一緒にいたのか？」

「そうよ。文句ある？」

加地谷の問いに、琴絵は強く首を縦に振った。異議があるなら受けて立つぞと、勝気な眉《まゆ》が物語っている。

「あ、いや、はは。ねえカジさん、そろそろお暇《いとま》しましょうか。なんだか、お呼びでないみたいっすから」

引き攣《つ》った笑いを浮かべながら、浅羽は加地谷の腕を摑《つか》み、強引に立ち上がらせようとした。

「おい何すんだテメエ、気安く触るなっつってんだろうが」

「いいから、さっさと退散しましょうよ。昔話をする老人と本気で怒った女性には逆らっちゃダメですって。それに俺たち、すごく悪者みたいだし……」

そう言って、浅羽はおそるおそる琴絵の表情を窺《うかが》う。今にも食って掛かってきそうな怒りに満ちたその顔を見る限り、確かにこれ以上口論するのは危険な気がする。彼女の言う通り、そもそも今回の事件に関し、現時点で青柳史也を疑う理由などないのだから、強く抗議されると、今後の捜査に支障が出てしまうかもしれない。

市民からの苦情に敏感で、くどくどと小うるさい刑事課長、五十嵐の顔が頭に浮かび、加地谷はうんざりして溜息《ためいき》をついた。

「――何かあったら、また話を聞きに来る」

史也に対しそう言い残して、加地谷はソファから立ち上がる。そして依然として睨みを利かせる琴絵を一瞥《いちべつ》してから、二人はリビングを後にした。

3

茜へ
ケガ、大丈夫なのか？

大したことないんだったらいいんだけど、すごく心配してる。

直昭兄さんは相変わらずなんだな。俺も小さい頃、好きでもないのに無理やりアイドルのDVDとか観せられたよ。

でも、夜中に部屋に来るのはどういう理由なんだろう。いくらなんでも、直昭兄さんが茜に危害を加えるなんてことないとは思うけど……。

茜の言う通り、引きこもっている直昭兄さんが、叔父《おじ》さんや叔母《おば》さんと話が出来なくて孤独を感じているってことはあるかもしれないな。

直昭兄さんは一人っ子で、昔からおもちゃでもゲームでも、好きなものはひと通り買い与えられていたらしい。ちょっと言い方は悪いけど、そのせいでわがままな性格になっちゃったんだろうな。俺と遊んでくれた時だって、誰も見ていないところで俺を叩《たた》いて言うことをきかせたり、羽をちぎった昆虫を食えって命令したりすることもあった。

夏休みに遊びに行った時は、びっくりするくらい強い水圧の水鉄砲で的にされたこともあったよ。

だから、もし直昭兄さんが悪意を持って、茜にひどいことをするようなら、すぐに俺に教えてほしい。

何があっても、必ず助けに行くから。


話は変わるけど、夏休みの感想文で銀賞をとったことなんて、よく覚えてるな。自分でも忘れてたよ。その日、母さんがお祝いにってケーキとスイカを買って来てくれて、両方食べたら二人して腹を壊してトイレの取り合いになったことの方が、よっぽど印象に残ってる。

あれ以来、俺はケーキが苦手で、茜はスイカが苦手になった。そして母さんは、その二つを同時に買ってくることはしなくなった。

ほんの数年前のことだけど、なんだかとても昔のことのように思えるよ。


茜の言う通り『フランケンシュタイン』には悲しい別れのシーンがいくつもある。特に義妹であり恋人でもある女性との別れは、見ていられないくらいだ。

ヴィクターと怪物が仲良くできたらっていうのは、茜らしい意見だよな。たしかに、あの二人が出会った時に意気投合して、その後も仲良く過ごせていたら、悲しいことなんて起きなかったはずだ。

そういう話も、悪くないかもしれないな。

そのおじさんにどんな事情があるかなんて俺は分からないけど、死んでしまった妹のことをどれだけ大切に思っていたかは、茜の話を聞いているだけで、なんとなく伝わってくる。

もしかすると、同じ『兄貴』として通じるものがあるのかもしれない。

なんて、カッコつけすぎかもしれないけど。


じゃあ、またな。

佑真

第四章

1

佑真くんへ

今日はうれしい報告。お友達がね、増えたんだよ。

いつもみたいに公園でおじさんとお話をしていたら、いきなり知らない女の人に声をかけられたの。すごくきれいな人で、背が高くて、最初はこわかったけど、話してみるととても優しい人だった。服もおしゃれでね、大学の先生をしてるんだって。絵を描くのがとても上手で、スケッチブックに私とおじさんの似顔絵を描いてくれたんだよ。

その人は琴絵さんっていって、おじさんの幼なじみなんだって。昔、川でおぼれている琴絵さんをおじさんが助けてあげたことがあるって言ってた。

私は泳ぐのがあまり上手じゃないから、川に入ったら琴絵さんみたいにおぼれちゃうかな。でも、佑真くんは泳ぐのが得意だから、きっと助けてくれるよね。

おじさんはヒーローだって、琴絵さんが言ってた。ピンチの時に助けにきてくれる正義の味方。そう言って、琴絵さんはすごく優しい目でおじさんを見つめてた。

その話を聞いて、やっぱりおじさんは佑真くんみたいだと思ったよ。佑真くんもきっと私のピンチには必ず駆け付けてくれて、怖い人をやっつけてくれる、たった一人のヒーローだもんね。

琴絵さんは多分、おじさんのことが好きなんだね。いや、もしかするとあの二人、付き合ってるのかな。結婚するのかもしれないね。とてもお似合いだし、私は二人とも大好きだから、そうなってくれたらうれしいな。

もしもそうなったら、結婚式に呼んでもらえるかな? そしたら素敵な格好で行かなきゃダメだよね。前に、従姉妹《いとこ》のエリコちゃんの結婚式にみんなで行った時に着せてもらった青いドレスはお気に入りだったんだけど、今はすっかり着られなくなっちゃったから、新しいのがほしいなぁ。叔母さんに相談してみなきゃ。

もちろん、佑真くんも一緒に行くんだよ。きっと、おじさんも琴絵さんも喜ぶと思うから。

そんなことを考えてたら、なんだか楽しくなってきて、つい暗くなるまでおしゃべりしちゃった。前にも話したけど、今は殺人事件なんかが起きていて、とても危険だから、早く帰って来なさいって叔母さんにも言われてたのにね。

別れ際、たくさん手を振ると、琴絵さんは同じくらい手を振り返してくれて、急にお姉さんが出来たみたいでうれしかった。

でも不思議なんだよね。三人でいる時、おじさんはなんだか元気がなかった。琴絵さんも私もたくさん話しかけたんだけど、みじかい返事をするだけで話がはずまなかった。本の話もあまりしてくれなかったし。お腹でもいたかったのかな。

次に会うときも、また三人でおしゃべりがしたい。次に琴絵さんに会えるのがすっごく楽しみ。

いつかきっと、佑真くんにも紹介するね。

茜より

ＰＳ．

最近、お家《うち》に帰るのが少しゆううつです。なんて、ちょっと大げさかな。実はこのところ直昭さんが毎晩のようにお部屋にきます。いつもアイドルのＣＤとか写真集を持ってきてくれるんだけど、この前はレプリカの衣装をプレゼントされて、着てほしいって言われたの。最初はうれしかったんだけど、そのときの直昭さんの目が、なんだかとってもこわかった。

それから毎晩、部屋をノックする音がして、衣装はいつ着てくれるのかって何度もきかれるの。恥ずかしいなんて言ってごまかしてるけど、本当はこわくてたまらない。

どうしたらいいのかな……。

2

加地谷と浅羽が署に戻った時、三階の大会議室では、署長主導のもと捜査会議が開かれていた。捜査の進展具合を報告し、明日以降の方針を定めるための報告会議だろう。ぴっちりと閉ざされた扉ごしにも、室内に押し込められた屈強な捜査員たちの熱気が漂ってくる。時折聞こえてくる怒声は、捜査に進展があったためか、あるいはろくに進展がないことに腹を立てた五十嵐が、たるんだ部下たちに檄《げき》を飛ばしているのか。

どちらにせよ、自分には無関係な事柄である。加地谷は購入したアイスコーヒーを自販機から取り出しながら、軽く溜息《ためいき》をついた。

「あっちの事件は進展なしなんすかね？」

小銭を投入口に突っ込みながら、浅羽がボヤくように言った。

「さあな。秘書が殺された御法川《みのりかわ》とかいう議員は、あちこちで手広くやってるようだし、裏じゃあかなりあくどいことやってるって話だ。警察ＯＢってのを前面に押し出して地域の皆様のためだなんてアピールしてるが、腹ん中ではどんな汚ねえこと考えてるかわかったもんじゃねえ。娘がさらわれたのも、奴を憎む連中の仕業かもしれねえなぁ」

取出口からリボンナポリンの缶を取った浅羽は、途端に顔をしかめる。

「それじゃあ、腹黒い父親のせいで子供がとばっちり食ってるってことっすか。確かまだ十七歳の高校生でしたよね。さっさと要求呑《の》んで金でも何でも払っちゃえばいいのに」

「馬鹿野郎。金を払ったからといって娘が無事でいられる保証はねえだろうが。それに身代金なんてもんはなぁ、払えるか払えないかのぎりぎりを攻めるのがセオリーだ。いくら要求されてるのか知らねえが、ああいう腐れ議員は金と家族の命、どちらを優先するかを迫られて、そう簡単に決断なんて出来ねえんだよ」

「どうしてですか？　家族が大切なら払うでしょう。金なんてまた汚職でも何でもして稼げばいいけど、家族のとっかえはきかないんすよ？」

当然のように言いながら、浅羽は子供みたいに地団太を踏む。

「この国の政治家がお前みたいなやつばかりだったら、日本はもう少しマシな国になるかもしれねえんだがなぁ」

加地谷は軽く鼻を鳴らし、コーヒーをあおる。浅羽は「そうすか？　いやぁ照れるなぁ」などと言いながら表情を輝かせ、プルトップを開けてナポリンを喉《のど》に流し込んだ。

どこまでも呑気《のんき》な相棒に苦笑をして、加地谷は大会議室の並びにある会議室のドアを開いた。大会議室の三分の一程度の面積しかない室内には八つの長机が並び、壁際には不用なパイプ椅子が立てかけてある。換気のため開かれた窓の外からは、夜の冷気が湿った風と共に吹き込んでいた。

「天野、待たせたな」

声をかけると、奥のホワイトボードに何やら書き込んでいた天野伶佳がこちらを振り返る。その伶佳にぴたりと密着した御陵伽耶乃は、子供が母親に甘えるような恰好《かっこう》で肩に顎《あご》を乗せ、空いている腕と腕を絡ませていた。

「……相変わらずくっついてやがんだな、お前らは」

「あ、いえ、これは御陵警部補が……」

伶佳は慌てた様子で伽耶乃を突き放そうとしたが、執拗《しつよう》にまとわりつく伽耶乃がそれを許さない。

「ちょっとぉ、どうして離れるのさぁ。せっかくいい雰囲気だったのにぃ。昨日だって、一夜を共にした仲じゃない」

「ご、誤解を招く発言は控えてください。それに私は、御陵警部補が意味の分からない寝言ばかり言うので熟睡できず、すっかり寝不足です」

「あははぁー、ごめんねぇ。でも、レイちゃんだって寝言で『少し気になるだけ』とか『でも会えてうれしい』とか意味深なこと言ってたじゃん。それって誰のこと……むぐぐっ」

「よ、余計なことは良《い》いんです!」

珍しく顔を赤らめ、伶佳は伽耶乃の口を強引に塞《ふさ》ぐ。じゃれているのかもめているのかよくわからないが、まるで思春期の女友達の会話である。いい大人が何をしているんだと呆《あき》れながら、加地谷はがりがりと頭をかいた。

「気になるって……会えてうれしいって、まさかそれ、俺のこと……？」

ぼたぼた、と何かが床に滴る音がして振り返ると、浅羽は手にしたナポリンの缶をテーブルに置き損ねて倒してしまい、中身を床にぶちまけていた。だがそのことに本人はまるで気づいておらず、自身の胸を押さえては意味不明に呼吸を荒くしている。

「おい浅羽、てめえ何やってんだ。こぼれてんだろうがよ！」

加地谷が慌てて缶を持ち上げるも、既に床には大きな液体だまりが広がっていた。だがそんなことに頓着《とんちゃく》する様子もなく、浅羽は顔を真っ赤にして興奮している。

「カジさん、ヤバいっす。ついに俺の時代が……モテ期が来ちゃったかもしれないっすよ！　ねえどうしましょう！　お、俺どうしたら――うぐっ」

わめきたてる浅羽の脳天に拳骨《げんこつ》を落とし、加地谷は缶を突っ返す。

「知るかそんなもん！　おら、お前らもいい加減に離れろ。さっさと始めんぞ」

加地谷に一喝され、浅羽はしゅんと肩を落とし、伶佳は今度こそ伽耶乃を引きはがした。それからすぐに普段の表情を取り戻してボードの前に立つ。

「では、これまでの経緯を一度おさらいしておきましょう」

プリントアウトした関係者の写真と、そこに記載された細かな情報を元に、彼女は説明を始めた。

「関係者へ聞き込みを行った結果、殺された大石未央さんは市内の建設会社で事務員として勤務していたことがわかりました。事件当日は普段通りに勤務。退社後は高校の同級生と食事をし、二十時半に店を出て友人と別れた後、事件現場近くのバス停で下車しています。恋人との関係は順調で、仕事熱心で人当たりも良いことからも、トラブルを抱えている様子はありませんでした。両親とも健在で、年の近い姉が一人と兄が一人。それぞれ結婚し、実家近くに家族と暮らしています。週末には集まってバーベキューをしたり、今年の三月には温泉旅行にも出かけています。ごくごく平凡な、穏やかな人生を送っていたと言えるでしょう」

怜佳の口調に、一抹のもどかしさのようなものが滲《にじ》む。まっとうに生き、家族にも友人にも愛されていた被害者に突如として訪れた不条理な死。それは彼女の周囲の人々にも、決して少なくない影響を与えたはずである。昨日まで笑い合っていた友人は、もう二度と彼女の笑顔を見られないことに打ちひしがれるだろう。幼い頃から時に喧嘩《けんか》し、時に寄り添いながら多くの時間を過ごしてきた姉と兄は、途方もない喪失感に嘆き悲しむことだろう。そして、生まれた時から彼女を愛し、大切に育ててきた両親は、半身を失ったような苦痛に身悶《みもだ》えし、まともな精神ではいられない。彼らのこの先の人生には、未央の死という出来事が常について回り、彼女の無念さや苦しみといったものを思い出さない日はないだろう。被害者遺族になるということは、死ぬまで被害者の悲しみを背負い続けるものなのだ。

怜佳はきっと、そのことを憂いているに違いない。

「このことから、犯人が被害者の顔見知りであるという可能性はあまり高くはないと思われます。もちろん、可能性がないとも言い切れませんが」

「現状、通り魔的な犯行の可能性が高いってことっすね。でも、事件当日の怪しい人物の目撃情報は無し。犯人のものと思《おぼ》しき遺留品も見つかってないんすよね」

腕組みをした浅羽が、困り顔で首をひねった。伶佳はうなずき、

「凶器となった石から部分的に指紋が取れましたが、前歴者に該当するものはありませんでした」

「足跡はどうなんだ？」

沈黙を避けるように、加地谷が問う。

「鑑識によると、現場付近で採取できた足跡のうち、雨が降っていた前夜につけられたと思しきものは全部で三つありました。一つは被害者のもの。そして現場に最も多く残されていた男性の靴跡、これが犯人のものと思われます。最後の一つは女性のものらしきスニーカーの足跡で、現場へ向かうものと離れるもの、それぞれがあり、何者かがあの夜、現場に立ち寄った可能性がありますが――」

「それが、事件発生時なのか発生前なのか、あるいは後だったのかの特定は難しい、ってところか？」

先回りして言うと、伶佳は口を小さくすぼめて、無念そうにうなずいた。

「わかっていることは以上です。加地谷さんと浅羽さんは青柳史也と話をされてきたようですが、何か気になることはありませんでしたか？」

そう訊《き》かれ、加地谷は聞き込みの成果を話して聞かせる。君島が述べた、過去の事件

を捜査した際に受けた違和感と、史也に対し抱いたイメージ。それとほぼ同じ感覚を加地谷自身が抱いたことも含めて説明すると、伶佳は深くうなずきながら、真剣な表情で考えを巡らせた。

「青柳史也は十五年前も、そして現在も、殺人を犯したようには思えないというのが、加地谷刑事の抱いた印象ですね？」

「そうだ。本人の主張通り、妹を殺したのは史也ではなく、十年前と六年前の事故とされている件に関しても、関係していると判断する要素は皆無に近い。おまけに同級生の幼なじみが二日前のアリバイを証明しているとくれば、容疑者から外した方がいいかもしれねえなぁ」

加地谷のぼやくような声に、伶佳と浅羽は同意を示す。

「うーん、そう考えるのは少し性急じゃないかな？」

ただ一人、異を唱えたのは伽耶乃だった。スタジャンのポケットに手を入れたままふらふらとホワイトボードの前に立ち、青柳史也の写真をじっと見つめる。

「ボクはこの人、犯人だと思うけどなぁ」

思わせぶりな言い方が癪《しゃく》に障る。そのまま無視してやろうかとも思ったが、そんな大人げないことはしない。

「根拠はあるのかよ？」

「当たり前じゃん。だってこの人、ボクがプロファイリングした犯人像にぴったり一致するもん」

白く細い指の先で、史也の写真をコンコン叩《たた》きながら、伽耶乃はもう一度、プロファイリングの内容を口にした。

「二十代から三十代の男性、時間に融通が利く仕事か、あるいは無職。金には困ってないけど質素な生活。犯行は衝動的で現場も人目に付く場所であることから、計画的ではない。そのことから無秩序型の傾向がある。激しい衝動に駆られて抑えが利かず犯行に及んだって感じだね。おそらくこの人、ずっと幼い頃から殺人衝動を抱えていたんだよ。小動物を殺したっていうのもその前兆だった。大それた殺しをやる前には必ず『リハーサル』が行われるものだからね。で、ついに最初の殺人を実行した」

「妹を殺したのが、青柳史也だと？」

伽耶乃は、さも当然のようにうなずいた。

「両親に対しても強い反発を覚えていたようだからね。義妹を殺した動機もおそらく、そっちの方が強いはず。両親に苦痛を与え自殺に追い込むことで、彼はすべてを自分のものにした。邪魔者を排除して手に入れた今の生活には満足しているけれど、その一方で、一度覚えた殺人の味が忘れられない。だから断続的に犯行を続けている」

すらすらと、まるで用意された答えを読み上げるかのように、伽耶乃の口調に迷いはなかった。自身のプロファイリングに対する絶対的な自信が、彼女の推測をより強固なものにしている。事実、伶佳も浅羽も、揃《そろ》って首を縦に振りながら、伽耶乃の意見に理解を示していた。

「シリアルキラーっていうのは、常に強い妄想に囚《とら》われている。そしてそれを現実のものとして実行することを夢見ているんだよ。だから、一度成功したら次はもっと上手に、完璧《かんぺき》にやり遂げたいと思うようになる。犯行はエスカレートするし、欲求はより大胆になる。本当は、十五年前に捕まえておくべきだったんだろうけど、当時の警察の目は節穴だったみたいだね」

あはは、と人を食ったような態度で笑う伽耶乃を、加地谷は強く睨《にら》みつけた。当て推量に頼らず、靴の底をすり減らして捜査した当時の捜査員だけでなく、今も強い後悔の念に囚われている君島までもが貶《おとし》められたような気分になる。

当時、彼らが犯人を逮捕できなかったことをどれほど悔やんでいるかを、よく知りもしないで無能と笑い見下すこの女に、加地谷は怒りを禁じ得なかった。

「わざわざ言う必要もないかもしれないけど、被害者はいずれも青柳史也よりも年下の女性。これは明らかに、彼の趣向による選別だよ。青柳は妹を殺した時の感覚を思い返し、再現するために殺しを続けてる。そうすることでしか興奮できなくなっちゃったんだね。だから衝動に抗《あらが》えない。放っておいたら、次の犯行が起きるのは明白だ」

膝《ひざ》に置いた手が震えている。この小娘を今すぐ怒鳴りつけてやりたい気持ちを必死にこらえ、加地谷は背もたれに身を預けて深く息をついた。

「お前の言い分はわかった。だが、青柳史也を逮捕するには証拠がない」

「そんなものはでっち上げでも何でもしちゃえばいいじゃん。こういうタイプは往生際悪く言い逃れなんてしないよ。尋問すれば、きっとすぐに自白してくれる」

「だとしても、俺にはどうにもピンと来ねえんだ」

「……なにそれ、どういうこと？」

伽耶乃が訝《いぶか》しげに目を細めた。

「青柳史也に会って話を聞いたのはほんの三十分程度だった。その程度話しただけじゃあ、確かに相手の人となりなんてわかりゃしねえ。だが俺には、お前の言うプロファイリングの人物像と奴の人間性がちぐはぐに思えてならねえんだよ」

「ちぐはぐ……？　ボクのプロファイリングが間違ってるっていうの？　言っとくけどボクは、警視庁にいた頃からいくつもの事件をプロファイリングしたし、犯人像だけじゃなくて、地理的プロファイルを駆使して住んでいる場所や勤務先だって特定した。一度だって読み違えたりなんかしたことはなかったんですけど」

馬鹿馬鹿しいとでも言いたげに、伽耶乃は鼻を鳴らす。それから腰に手を当て、胸を反らせて顎《あご》を持ち上げて挑戦的な態度を示した。それに対し、加地谷は負けじと立ち上がって相手を睨みつける。

「知ったことか。こちとらこのやり方でテメエがランドセル背負《しょ》ってる頃から刑事やってんだよ。理屈じゃあ説明できないもんをかぎ取るのはその『経験』だ」

「あ、もしかしてそれって、刑事のカンってやつ？　うわあ、化石じゃん。そんなこと平気で口にする刑事がまだいたなんて、ウケる」

「てめえだって似たようなもんじゃねえか。プロファイリングだかなんだか知らねえが、使い古されたデータや適当な推理で犯人の目星がつくのかよ」

ぴしゃりと断じると、へらへらと余裕ぶっていた伽耶乃の顔が凍り付いたように固まった。さっきまでの余裕はどこへやら、たちまち眉《まゆ》を逆立てて顔を紅潮させる。

「ちょっとちょっと、マジで言ってる？　前にも言ったけど、プロファイリングは推理じゃなくて技術なんだよ。情報や資料を統計データや心理学的手法で分析して、正確な犯人像や次の犯行を予測する、れっきとした捜査手法なの。根拠もなにもない、直感頼りの化石刑事とは訳が違うんだっつーの」

迷いのない口調で、強くまくしたてる伽耶乃。これには加地谷も堪忍袋の緒が切れた。

「このクソガキ、言わせておけば好き放題のたまいやがって」

「何よ。やろうっての？　かかって来なよ。ぶちのめしてやる！」

ずいと前に出た加地谷に一歩も引かず、伽耶乃は腕まくりをして握りこぶしを作る。まさに一触即発といった様子の二人を、伶佳と浅羽が慌てて止めに入った。

「待って待ってカジさん、さすがにまずいっすよ。俺のこと殴るならともかく、階級が上でしかも女性に手を上げるなんて、いくらなんでもNGっす」

「御陵警部補、署内でぶちのめすは不謹慎です。一度冷静になりましょう」

いきり立つ二人を必死になだめ、引きずるようにして互いの距離を遠ざける。

「うるせえな、離せ馬鹿野郎」

「いてっ。ああ、もう。結局俺が殴られるんだもんなぁ……」

力ずくで引きはがそうとする浅羽をひっぱたき、加地谷は憤懣《ふんまん》やるかたない様子でどっかりとパイプ椅子に腰を下ろす。無意識にポケットから煙草を取り出そうとしたところで、建物内が禁煙だということを思い出し、さらに苛立《いらだ》ちを覚えた。

一方の伽耶乃は、猫が全身の毛を逆立てるようにして怒りをあらわにし、フーフーと荒い呼吸を繰り返している。止めに入ったのが伶佳でなければ、大暴れしていたかもしれない。

「加地谷刑事、私と御陵警部補は青柳史也に直接会ってはいません。だからあなたの直感については、ある程度の理解を示すべきなのかもしれない。しかし、正しい手順に沿って捜査するために必要なのは、直感ではなく根拠や物証です」

「そんなこたぁ言われなくても分かってる」

「分かってくださるのなら、御陵警部補のプロファイリングをもう少し信用してくれてもいいはずです。でなければ、私たちが協力している意味がありません」

そうするのが正しいということは、加地谷にもよくわかっていた。だが、どうにも我慢できないのもまた事実である。

「そうっすよ。ここは穏便に、俺の顔に免じて。ね？」

「誰がお前の顔になんか……」

反射的に頭をひっぱたこうとして上げた手は、しかし振り下ろされることはなかった。目を閉じて衝撃が訪れるのを身構えていた浅羽が恐る恐る目を開き、安堵《あんど》の息をつく。二人に諭されたことで、加地谷は幾分か冷静さを取り戻した。伶佳の言い分も理解できるし、今は内輪もめをしている場合じゃないこともわかっている。伽耶乃に対しても、いけ好かない女だとは思うが、プロファイリングが完全にインチキだなどと思っているわけではない。北海道警察が全国で初めて特異犯罪情報分析班を設置し、プロファイリングを捜査に活用し始めてから、すでに二十年以上の歴史がある。曖昧《あいまい》な刑事のカンなんかよりも、ずっと信憑性《しんぴょうせい》のある捜査手法だということは十分に理解していた。

しかし、それでもなお加地谷は、青柳史也が殺人犯であるという意見に違和感を覚えずにはいられなかった。君島に感化されてしまったのか、あるいは史也本人と話をしたり、保護者気取りの幼なじみに罵声《ばせい》を浴びせられたせいで、感じたものがあったのか。その違和感の正体が、加地谷自身まだよくわかっていないのだから、どう説明したらいいのかもわからない。だからこそ、史也の無実を信じる理由を聞かれた時に、『経験』などという曖昧な答えが口を突いて出てしまったのだ。

言葉もなく舌打ちをして、長机に足を乗せた加地谷は押し黙った。そして訪れる気まずい沈黙に、伶佳と浅羽が困り果てたように顔を見合わせる。

重々しい空気を引き裂くように声を上げたのは、伽耶乃だった。

「普段は温厚な性格をしていても、特定の状況に陥ると人が変わったように凶暴な一面をあらわにする犯人っていうのは存在する。あんたたちが捕まえたグレゴール・キラーだって社会的な地位があって、誰にでも認められる有能な人物だったんでしょ。それが恐怖症を抱える不安定な若者を目にすると、強い殺人衝動に駆られた。頭がよくて、さらなる地位も名誉も手にできたはずの人物が、殺人なんていうコスパの悪いことに夢中になって、見境をなくしてしまった。青柳史也もきっと同じ部類なんだよ。何かをきっかけにして彼の中の『別人格』ともいえる凶悪な一面が現れ、残忍に人を殺す。あんたが見ていたのはあくまで、青柳史也の表の面だけだったってことさ」

耳障りな金切り声ではなく、冷静さを取り戻した伽耶乃の淡々とした声が、加地谷の耳に冷たく響いた。確かに、そう言われてしまうと反論の余地はなかった。

人間は円ではなく多面体。善人の顔と悪人の顔を巧妙に使い分けることで、殺人犯は市民の中に溶け込んでいる。そんなことはわかりきっていたはずなのに、まるで今初めて理解したかのように、新鮮な驚きが加地谷の頭の中に広がっていった。

「十年前に殺されたのは中学生。六年前は美大生。二年前に怪しい男に襲われかけたのはいずれも二十代前半の女性だった。そして今回、殺された女性は二十代半ば。これは自分が年を取るのに合わせて、妹が生きていたと仮定した時に合致する年齢層の被害者を選別しているからだよ。そして、そのいずれもが比較的小柄な体格をした女性なのは、抵抗されても力で負けない相手だからという理由が大いに関係している。衝動的な手口から判断して被害者と関わりが無いのも、そもそも人付き合いが出来ないから。おそらく史也の深層心理には父親という恐怖の対象が常にイメージされていて、とっくに死んだ父親に今も怯《おび》えている彼は、現実世界でも自分を傷つけかねない相手との関係を築けずに敬遠してしまう。だから社会に溶け込めず、世話好きの幼なじみくらいしか知り合いがいないんだ。他人との関係をうまく築けないという点は、あらゆる殺人犯に共通する要素だよ」

「そういえば、話をしていても妙に表情が暗かったり、口数が少ない感じがしたけど、あれは単に愛想がないだけじゃなくて、カジさんを怖がってたんすかね。ほら、年代的に父親の影が重なっちゃったとか」

浅羽が呑気《のんき》な顔をして手を叩《たた》く。その物言いが気に入らなかったので睨《にら》みつけてやると、「そ、そんな怖い顔で睨まないでくださいよ。一般論っすよ。一般論」などと取り繕い、逃げるように加地谷との距離を保った。

「こうして考えると、あらゆる要素が青柳史也に繋《つな》がる道筋のように感じられますね。もう一度、話を聞いておくべきではないでしょうか。それで何もなければ、また別の可能性を追えばいい。最も避けるべきは、何もせず手をこまねいている間に新たな犯行が起きることですから」

伶佳が総括するように言った。あえて何も返さず、加地谷は無言を貫く。

「さっきも言った通り、青柳史也は妹の死を『やり直す』ために女性を殺してる。もしかすると、それが妹の死を受け入れる手段だと思っているのかもしれないけど、何度繰り返しても納得のいく結果には繋がらない。だから終わりがやってこない。こういう手合いは自分が満足するまで決してやめないよ」

そこで一呼吸おいて、伽耶乃は強く言い放つ。

「断言してもいい。こいつはまた殺すよ。それが一週間後か、三日後か、今夜かは分からないけど、たぶんもう、ターゲットは定めているはず」

伽耶乃は猫のように細めた視線をまっすぐに加地谷へと向けた。文句があるなら言い返してみろとでも言いたげに。

再び重々しい沈黙に包まれた室内で、しばしの間にらみ合いが続いたが、伽耶乃は唐突に視線をそらし、長机にどっかと腰を下ろして、そっぽを向いた。それを合図に、伶佳が軽く手を叩き、

「今日はもう遅いので、明日にでも任意で青柳史也に出頭してもらい、話を聞きましょう。それでいいですね、加地谷刑事？」

加地谷はしばしの沈黙の末に「わかったよ」とうなずいて見せた。

ここで意地を張っていても、捜査が進展するわけではない。青柳史也に対して覚える違和感の正体は一旦《いったん》棚上げにして、足並みをそろえることも必要かもしれない。

そうやって自分を強引に納得させ、加地谷は席を立つ。

「カジさん、どこ行くんすか？」

「帰るんだよ馬鹿野郎。明日、朝イチで青柳を連れて来るなら、今のうちに休んでおか

ねえともたねえだろうが」

ぶっきらぼうに言い放ち、加地谷は踵《きびす》を返す。ドアを開け、部屋を後にする際に、何気なく振り返ると、なにやら話し込む浅羽と伶佳の傍らで、長机の上に胡坐《あぐら》をかいた伽耶乃が勝ち誇ったような表情を浮かべ、あっかんべーと舌を出した。

「……クソガキが」

加地谷は小さく吐き捨てると、会議室のドアを蹴とばして閉め、肩を怒らせながらその場を立ち去った。

3

きぃ、と微《かす》かにきしむ音を立てて自宅マンションの玄関ドアを開くと、静まり返った闇が加地谷を迎えた。

一応「ただいま」と声を出してみるが、応じる声はなかった。できるだけ音を立てないよう気を付けながらドアを閉め、息子の脱ぎ散らかしたスニーカーに眉《まゆ》を寄せながら靴を脱いだ時、ふと妻の靴がないことに気付く。不審に感じながら短い廊下を進み、奥のドアを開けて壁のスイッチに手を伸ばすと、ぱっと明かりが灯《とも》って見慣れたリビングの光景が視界に飛び込んできた。

テーブルに置かれたテレビのリモコン。ソファに投げ出された妻のカーディガンと、ウサギの顔がでかでかとプリントされたクッション。ダイニングテーブルには一人分の夕食が用意され、茶碗《ちゃわん》が裏返しに置かれている。かけられたラップを取ると、鯛《たい》の煮つけだった。

耳鳴りがするほどに静まり返ったリビングにぼんやりと立ち尽くした加地谷は、窓際のラック上の置時計を確認する。時刻は午後八時。まだ眠るには早い時間だが妻の姿がない。普段ならこの時間、風呂《ふろ》に入るかテレビでも見てのんびり過ごしているはずなのにと不思議に思いながら、スマホのメッセージアプリを確認する。『今日は遅くなる』『メシはいらない』などの、短いやり取りの最後に、『明日からミヨちゃんとトモちゃんと三人で登別《のぼりべつ》温泉に行ってきます』とあった。

そうだった。大学時代の友人たちと一泊二日の温泉旅行に行くとかで、数日前からいそいそと準備をしていた。二十年来の友人たちとは一度も途切れることなく関係が続いていて、それぞれ結婚や出産、離婚を経験した二人の親友とは今でも様々な悩みを相談し合い、愚痴を言い合う仲だという。その愚痴の大半が自分のことについてだろうと思うと、加地谷としては少々、落ち着かない気持ちではあるのだが。

とはいえ、亭主が安月給なせいで、妻は週に四日のパートに出ながら、自分と中二の息子の世話をしてくれている。たまには気の置けない友人と温泉旅行に行って羽を伸ばすのも大切な息抜きだ。ましてや、警察官などという明日がどうなるかもわからない危険な仕事に身を置く夫のせいで、精神的な疲れもたまりやすいのだろう。

そう自分に言い聞かせながら、加地谷は帰り道に立ち寄ったスーパーの生花コーナーで購入した、売れ残りのミニブーケをテーブルの上に置いた。

「明日まで枯れなきゃあいいんだがな」

そう、自嘲《じちよう》気味に呟《つぶや》いて、後頭部をがりがりやった。それにこれは、浅羽の与太話を信じて買ってきたのではなく、ちょっと目に留まったから何となく買っただけで、特別な意味はない。だから枯れたところで何でもないのだが、それでも妻に見られることなく枯れてしまうのは、花だって不憫《ふびん》である。

せめて明日の午後までは元気でいてくれよと心の中で語り掛けながら、妻の席にそっとブーケを移動させた。それから手を洗い、白米を茶碗によそって、冷たくなった鯛の煮つけをおかずに夕食を済ませた。殺人事件の捜査中なので晩酌は我慢し、冷蔵庫から麦茶を出してがぶ飲みしていると、水切り籠《かご》に、まだ水滴の残る食器が置かれているのを見つけた。一足先に食べ終えた息子がきちんと洗ったのだろう。

いつも、食べた後の食器など片付けもしない加地谷だが、この時は妙な罪悪感を覚え、慣れない手つきで食器を洗った。

その後、シャワーで一日の汗と疲れを洗い流し、身体を軽くして部屋着に着替え、さほど見たくもないテレビ番組をぼんやりと眺めていると、すぐに眠気が襲ってきた。

時刻は午後十一時をまわっている。明日も早い。そろそろ休むかと頭の中で独り言《ひとご》ち、眠気で重くなった身体を引きずるようにしてリビングを出ると、明かりのついていない廊下に一筋の光が差し込んでいた。

だが、あっと思う暇もなくドアを閉める音がして、その光は途切れた。再び真っ暗になった廊下に立ち尽くしたまま、加地谷は息子の部屋のドアを見つめる。

やはり避けられている。そう思うのに十分なタイミングだった。トイレにでも行こうとしてドアを開けた息子が、加地谷の姿を認め慌ててドアを閉めたのだ。

以前なら、人の顔を見て部屋に引っ込むなんてどういうつもりだと、冗談めかして言えたはずである。だが内心で、息子と顔を突き合わせることにならず良かったと安心している自分がいたのも事実だった。

思春期の息子が自分を避け、顔を合わせないようにしていることには、もうずっと前から気づいていた。だが、それに対し、何かを思いはしなかった。ただ「そうか」と心の中で納得しただけだった。

最後にこの部屋のドアを開けたのはいつだっただろうと、半ば無意識に記憶を辿《たど》る。小学三年生……いや、四年生の頃に、部屋の片付けもせず友達とプールに行くとはしゃいでいたのを叱った時か。それとも、少年野球でぎりぎりレギュラー入りして、三万もするユニフォームを買ってもらえたのが嬉《うれ》しくて、それを着たまま寝ている姿を見た時だったか。

いずれにせよ、その記憶は五年以上も昔のもので、それ以来、まともに息子と顔を合わせていないことになる。家にいる時間よりも、外で捜査している時間の方がよほど長い加地谷にとって、妻や息子との時間などないに等しい日々を送って来た。

そして五年前、相棒の垣内が連続殺人鬼グレゴール・キラーこと美間坂創に殺されてからは、加地谷は強い後悔と苦痛に見舞われ、世界が色を失った。妻や息子と距離を置くようになり、捜査にかこつけて家庭を顧みず、夫であることからも父親であることからも逃げ、ただただ刑事であり続けた。

その結果が、まさにこれである。

息子は父親と顔を合わせるのを避け、父親はそのことに気付かないふりをしてやり過ごしている。だからこの時も、いつものように何も言わず息子の部屋の前を通り過ぎようとした加地谷だったが、どういうわけかドアの前で足を止めた。

なぜそうしようと思ったのかは分からない。美間坂を逮捕してからも、ろくに変化のなかったこれまでの生活に、何かしらの変化を与えたかったのか。それとも、単に我が子の顔が見たかったのかもしれない。自分でも真意の分からぬ気まぐれに翻弄《ほんろう》されながら、指を折り曲げてドアをノックする。向こうから、わずかに息を吞《の》むような気配があったのは、果たして思い過ごしだっただろうか。

「なあ、正春《まさはる》。ちょっといいか」

返答はない。たっぷり十秒ほど反応を待ってから、加地谷は小さく息をつく。

当然だ。ずっと、ほったらかしてきたのに、突然声をかけたりしては、息子だって戸惑うだろう。まともに会話ができると思うことの方が非常識なのだと心の中で自分を罵《のの》り、加地谷は下唇を嚙《か》みしめた。

早くもノックしたことを後悔していた。今すぐこの場を立ち去り、ベッドにもぐりこんで眠ってしまいたい。そんな、羞恥心《しゅうちしん》にも似た思いを抱きながら、しかし加地谷はその場に踏みとどまった。

父親のことを問いかけた時の、青柳史也の顔が脳裏をよぎる。その死を知ってどう思ったかと訊《き》くと、彼は何とも思わないと言った。その言葉の裏にどんな思いが潜んでいるかなど、加地谷には見当もつかない。きっと、本人以外の誰にもわからないことだろう。だが今、史也に息子を重ねて考えた時、加地谷はその真意を知りたいと強く思った。母を亡くし、突然現れた義母と義妹を溺愛《できあい》する父親に対し、彼は何を感じ、何を求めたのか。その義妹が死亡した罪に苦しんでいたとしたら、助けを求めたかったのは肉親である父親だったはずだ。義妹よりも自分とのつながりを強く持つ唯一の肉親だったはずだ。

だが父親は、史也に手を差し伸べるどころか、彼を一方的に突き放した挙句、別れの言葉もないまま死んでしまった。その時、史也が受けた空虚感はいかほどだったことだろう。まるで、自分一人が家族と認められず、この世界に放り出された気分だったに違いない。あの『何とも思わない』という発言は、その悲しみに蓋をして自分を納得させるための建前だったのではないか。父親とのつながりの薄さを自覚したくなくて、強引に目をそらすためのものだったのではないか、加地谷は感じていた。

それは、ちょうど息子が加地谷に対し感じている失望と、程度の差こそあれ同様のものなのではないか。そんな風に考えると、自分と息子との間には、取り返しのつかない溝が開いてしまったのではないかという気がして、無性に心がざわついた。

こんな風にドア越しに息子に声をかけたのも、ただの気まぐれなんかじゃない。息子にとって自分がどういう父親なのかを、確かめたかったのかもしれない。

「学校はどうだ。成績は悪くないって、佐知子《さちこ》……母さんから聞いてはいるが」

やはり応答はない。だがそれでも、加地谷は喋《しゃべ》り続けた。

「来年は受験だな。今から志望校なんてまだわからないだろうが、目指せるなら上を目指した方がいいな。父さんは受験で楽したせいで地方公務員だ。もし時間を戻せるなら、必死に勉強してキャリアを目指していたよ」

嘘だ。どんなに給料がいいからといって、警察官僚を目指したりはしないだろう。自分の口から出たいい加減な発言に自ら苦笑して、加地谷は首の後ろを軽く揉《も》んだ。

「そういえば、野球部やめたんだってな。理由は分からんが残念だよ。お前には、その、野球が向いてると思っていたんだが……」

なんだその褒め方はと、頭の中の自分が批判する。それを無視して記憶を辿り、上の空で聞いていた妻の話を必死に思い返して、そこから息子に関する話題を引っ張り出す。それでも、取ってつけたような言葉しか浮かばず、加地谷は無意識に顔をしかめていた。

「……だが、お前がそう決めたんなら、それでいいと思うぞ」

頼まれてもいないのに励ますような言葉を発し、それを自ら肯定するかのように首を縦に振る。

ドアの向こうからは、相変わらず物音一つ響いてこない。

「実は父さんな、最近、仕事でちょっとした配置換えがあってな。いや、前から気に食わない上司とぶつかっていたから、そういう意味じゃあ気楽になったんだが、仕事はやりづらくなっちまった。しばらくは書類整理ばかりさせられそうなんだ。おまけに、やっと捜査に出られたと思ったら今度は、わけのわからん奴に偉そうに指示されてな。今日もクタクタだ」

気づけば愚痴をこぼしていることに気付き、咳払《せきばら》いをして気を取り直す。

「だがこんな状況でも、それほど悲観してもいないんだ。嫌な奴はたくさんいるが、それ以上にこんな父さんを相棒だと言ってくれる奴がいてな。最近は、そいつと仕事をするのがなんだか楽しくなってきた。あ、いや、もちろん事件が楽しいってわけじゃない。刑事の仕事ってのは楽しんでするものじゃないからな。ただ父さんが言いたいのはその……お前にもそういう友達とか、打ち込む何かがあるなら、それを大事にしてほしいと思ったんだ……」

息子からはついぞ何の返答もなかった。だが、なんとなくドアの向こうで、不器用な父親の要点がはっきりしない話に耳を傾けてくれているような気がした。

「俺は、お前に父親らしいことは何もしてやれていない。それはよくわかってる。だが、俺はいつだって、お前と母さんを……」

言いかけて、加地谷は不意に言葉を切った。

ある日突然、気まぐれにやってきて、一方的に喋り続ける身勝手な父親が、それ以上を口にするのは、さすがにおこがましい気がしたからだ。

「……邪魔して悪かった。あまり夜更かしはするなよ」

そう言ってドアから離れ、加地谷は寝室に向かった。妻のいない夫婦の寝室に、まるで時間が停止してしまったかのような冷たさを感じながら、二つ並んだベッドの片方にもぐりこんだ。レースのカーテン越しに窓から差し込む弱々しい月明かりによって、室内のシルエットが徐々に浮かび上がってくる。隣のベッドに目をやると、今は無人のはずのそこに、こちらに背中を向けて寝る妻の姿を幻視して、加地谷は軽く笑みをこぼす。

この五年間、妻と息子はずっとここにいてくれた。加地谷が自分を見失いかけていた時も、捜査にかこつけて何日も家に帰らなかった時ですらも、食事を用意し、同じものを食べ、築二十二年の中古の分譲マンションでの平凡な暮らしを送ってくれていた。当たり前のようにそこにいてくれる家族を、こんなにもありがたく思えたのは、初めてのことだった。

半ば無意識に、妻の幻に触れようと手を伸ばす。いつもは冷たく無機質に感じられる寝室の空気と妻の残り香が、今夜は無性に恋しく感じられた。

その匂いに包まれながら、加地谷は目を閉じる。久しぶりに、ゆっくり眠れそうだ。

まもなく意識を手放し、夢の世界へと飛び込もうとしていたまさにその瞬間、サイドテーブルでスマホがけたたましく鳴動し、加地谷の脳を激しく揺さぶった。

4

茜へ

大丈夫なのか？

直昭兄さん――いや、直昭に何かされたのか？

されていないとしても、茜をこんなに怖がらせるなんて、どういうつもりなんだ。

今すぐそっちに行きたいけど、それは難しい。

茜は俺のこと、ヒーローだって言ってくれたのに、情けない兄貴でゴメン。

でも、どれだけ時間がかかっても、必ずお前を助けに行く。茜は着せ替え人形なんかじゃないって、直昭にはっきり言ってやる。

たとえ親戚《しんせき》だろうが関係ない。茜を悲しませる奴は、絶対に許さない。

俺が何とかする。だから信じて待っててくれ。危険を感じたら、すぐに逃げるんだ。

約束だぞ。何よりもまず、自分の身を守ることを最優先してくれ。

佑真

5

佑真くんへ

突然だけど、とてもこわいことが起きたの。

色々なことがたくさん起こりすぎて、何が何だかわからなくなりそうだったから、気分を落ち着けるために、こうして手紙を書いています。

何から説明すればいいのかわからないけど、順を追って書いていくね。

叔父《おじ》さんと叔母《おば》さんは月に一度、二人で夕食に出かけて、映画のレイトショーを観て帰ってくるの。結婚してからずっと続けている習慣なんだって。

今夜がその日だったから、私は叔母さんが作り置きしてくれたハンバーグを食べてお風呂《ふろ》に入ってから、ベッドに入った。今日はとっても疲れていたからすぐに眠っちゃったんだけど、何時間か経ってから、おかしな物音で目が覚めたの。

部屋の中は薄暗くて、ベッドサイドのライトだけが点《つ》いていた。ほの暗い闇の中に、のそりとたたずむ黒い影が私を見下ろしていた。一瞬、『フランケンシュタイン』に登場する怪物がやって来たのかと思って、私は飛び起きた——はずだった。

がしゃ、っていう硬い音がして、私はベッドに引き戻された。不思議に思って見ると、両手首とベッドの柵が手錠でつながれていたの。おもちゃみたいな見た目なのに意外と頑丈で、どんなに引っ張っても外れそうになかった。

「やっと、二人きりになれたね」

直昭さんが、とてもうれしそうにいった。脂でぎとついた長い髪の毛をかき上げて、吹き出物だらけの顔を近づけてくる。むせ返るようなひどい臭いがした。

嫌だ、と思った。これから何をされるのか。はっきりとしたことは分からなかったけど、とても恐ろしい目にあうんじゃないかっていう予感はあった。こわくて涙が止まらなかった。じたばた暴れてみたんだけど、やっぱり手錠は外れない。パジャマが足首までずり落ちていて下半身がスースーした。私は寝相のいい方だから、寝ている間に自分で脱ぐなんてありえない。直昭さんが私のパジャマを脱がして、何かしようとしているんだって思うと、余計にこわくなった。

手錠をとってって言ったら、直昭さんは大声を上げて、静かにしろとか黙れとか、こわい言葉をたくさん口にした。でも言うとおりにしたらもっとこわい目にあう気がしたから、助けを求めて何度も叫んだ。

次の瞬間、頭に強い衝撃があって、私は気を失った。

次に目を覚ましたのは、それから一時間以上経ってからだった。部屋の中はさっきと変わらなくて、パジャマをはいていない私の両脚は冷え切っていた。

直昭さんは部屋からいなくなっていて、手首にかかっていたはずの手錠は外れていた。見ると、鎖がちぎれて二つに分かれた手錠の一方はベッドの柵《さく》にかかったままで、もう一方は床に転がっていた。手首にうっすら赤く残された跡をさすりながら、私は立ち上がってパジャマをはいてから廊下に出た。家の中はとても静かで、叔父さんと叔母さんはまだ帰ってきてないみたいだった。

ふと、廊下の角を曲がった先から、光が漏れているのに気づいた。直昭さんの部屋だった。部屋から出てくるときは、いつもかけっぱなしにしているアイドルソングがうるさいくらいに響いてくるのに、今日は静かだった。そのことが、なんだかとても不思議に思えて、気づけば私は足を踏み出していた。

一歩、また一歩と廊下を進み、ドアの脇からそっと奥をのぞき込む。直昭さんの部屋に誰かがいた。真っ先に目に飛び込んできたのは、その『誰か』の後ろ姿だった。

誰、と内心で問いかけた私の気配に気づいて振り返ったのは、あのおじさんだった。いつも公園でおしゃべりをする読書好きなおじさん。『フランケンシュタイン』のお話が大好きで、佑真くんにとても似ている幽霊屋敷のおじさん。

おじさんは私に気づくと急いでやってきて、ケガはないか、痛いところはないかとあちこちなでてくれた。どこも痛くないと言うと、安心したように笑って、私を抱きしめてくれた。その時、おじさんの肩越しにあるものを、私は見てしまった。

部屋の中央、スナック菓子の袋や飲みかけのペットボトルが散乱する床の上に、直昭さんがうつぶせで倒れていた。頭から流れた血が床に赤いシミをつくっている。

「直昭さん、どうしちゃったの？」

おじさんは驚いたように私の顔をのぞき込んで、ゆるゆると首を横に振った。

「なんでもないよ……。なんでも……」

おじさんの様子は明らかにおかしかった。きっと、何かを知っている。直昭さんが倒れている理由もわかっている。でも、あえて私には言わないようにしてるんだと思った。

「おじさんがやったの？」

続けて問いかける。でもやっぱりおじさんは答えようとしないで、困ったような顔をするばかりだった。おじさんの大きな手が、赤い跡のついた私の手首にそっと触れた。そうやって傷をいやそうとするみたいに、やさしく包みこんでくれた。

「大丈夫だよ。君は何も心配しなくていい。悪いのは彼なんだから」

おじさんは強く言いきかせるようにして、私を部屋の外に連れ出した。一階のリビングにおりて、窓際のソファに私を座らせると、電話の子機を押し付ける。

「今から警察を呼ぶんだ。でも、僕がここにいたことは内緒にしてほしい」

どうして内緒にするのかを聞いても、おじさんは教えてくれなかった。きっと何か理由があるんだ。そう思って、私はうなずいた。

「いいかい、もう一度言うけど、君は何も悪くない。悪いのは全部——」

おじさんは急にだまり込んだ。どうしたのかと思って顔を上げると、私の頭越しに、窓の方をじっと見つめていた。まるで、窓ガラスに映り込んだ自分の姿をこわがりでもするみたいに、おじさんの顔がみるみる青ざめていった。

どうしたのってきいたら、おじさんははっと我に返った。けれど何も言わず、だらだらと滝のように汗を流しながら、急いで家を出ていっちゃった。

私はとても心細かったけど、おじさんの言う通り警察に電話をした。うまく説明できなかったけど、直昭さんがお部屋で倒れていることを伝えると、すぐに警官を向かわせるから、そこにいてくださいと言われた。電話を切ったあと、部屋に戻った私は、机の上に置きっぱなしにしていた佑真くんのお手紙を片付けて、新しい便せんを持ってリビングに降りた。そして今、この手紙を書いています。

もうすぐ警察の人たちが来てくれる。叔父さんと叔母さんも帰ってくるはず。そうなったら、きっと大変な騒ぎになる。だから今のうちに、佑真くんに手紙を書きたかったの。

直昭さんは、誰かに襲われた。その誰かは、私を守ってくれたのかな。そう思うと、私は不安でたまらなくなった。だって、そんなことをして私を守ってくれる人なんて、一人しか思い浮かばない。

おじさんの様子がおかしかったのは、やっぱりそれが原因なのかな。

いや、違う。そうじゃないのかもしれない。おじさんはあんなひどいことをする人じゃない。きっと、別の誰かが直昭さんを襲ったんだ。

おじさんとは別の、とてもこわい人が……。

さっきから、リビングの窓がコツコツと音を立てている。

窓の外に

第五章

1

「――これで終わりかよ」

書きかけの便せんから目を離し、加地谷はそうこぼした。勉強机の椅子に座り、他の手紙を見返していた浅羽がこちらを振り返り、小難しそうな顔をしてうなずく。

「奥の部屋で倒れてたのはこの家の住人だな？」

「西条《さいじょう》直昭、この家の息子っす。通報したのは西条茜というこの家に居候している十二歳の少女で、警官が駆けつけた時には彼女の姿はどこにもありませんでした」

浅羽の説明を受けながら廊下を振り返ると、意識を失ったままの西条直昭が担架で運び出されていった。階下からは、息子に取りすがる母親の悲痛な声が響いてくる。

ずしりと重い深夜の空気が伸《の》し掛かってくるような気がして、加地谷は首を左右に傾け、こきこき鳴らした。寝入りばなに電話でたたき起こされ、慌てて現場に駆け付けたせいか、まだ軽く眩暈《めまい》がする。

「で、どういう状況なんだこれは？」

総務課のマナミちゃんと飲みに行き、いい雰囲気だったという浅羽は、さすがに気落ちしている様子で言動に覇気が感じられなかった。普段なら腑抜《ふぬ》けた顔をひっぱたいてやるところだが、文句の一つも言おうとしないので、今日のところは勘弁してやることにする。

「手紙の内容通りなら、この家の一人息子である直昭が両親の留守中に、居候の茜ちゃんに悪戯《いたずら》をしようと手錠をかけたってことになりますね。普段から、茜ちゃんの部屋を覗《のぞ》いたり、寝ている間に忍び込んだりしてたみたいですし」

加地谷から書きかけの便せんを受け取りつつ、浅羽は難しい顔をしてこめかみのあたりをかいた。喋《しゃべ》りながら、自らも情報を整理しているのだろう。

「悪戯しようとした直昭は『おじさん』に頭を殴られ昏倒《こんとう》。その後『おじさん』は家を出ていって、茜ちゃんも姿を消してしまった。これってつまり、誘拐事件てことすかねえ？」

浅羽は自信なげに言った。加地谷はしばし考え、低く唸《うな》ってから、

「子供が誘拐されたって可能性は大いにあると思うが、その犯人が『おじさん』だとは限らねえんじゃあねえか？　二人は顔見知りで、茜を直昭の毒牙《どくが》から救ってんだろ。なのにどうして誘拐する必要があるんだよ」

「罪を免れるために少女を脅して――あ、いや、お願いしてそう書かせたとか？　手紙の内容がすべて事実であるという保証はないですし」

「家の中が荒らされた形跡はないし、窓が割られているなんてこともねえ。もしかすると茜ってガキは自分の足で家を出ていったのかも知れねえぞ」

ですよねぇ、と浅羽は腕組みをする。

「あるいは、茜ちゃんをさらっていったのは『おじさん』とは別の顔見知りって可能性もありますよ。こんな夜中に一人でどこかに行くとは思えないですし。問題はそれが誰かってことっすけど」

「手掛かりになるようなもんは何も残っちゃいねえなぁ。捜査本部が追ってる事件との関連はありそうか？」

「それもないと思いますよ。市議の娘と西条茜って子にはおそらく接点はないでしょうし、家だってかなり距離がありますから」

現行の誘拐事件とは無関係。捜査本部もそう睨《にら》んだからこそ、加地谷と浅羽に招集がかかったのだろう。現場には本部の捜査員がちらほら臨場しているが、いずれ捜査本部に呼び戻されるはずだ。お偉いさんの顔色と権力に従うことしか考えていない連中の頭には、市議の娘の救出以外はすべて些末《さまつ》な事件としか考えられていない。引きこもりの三十男が殺されかけ、少女が一人姿を消したくらいでは、十分な捜査員を投入してもらえないということだ。

「そういや、天野たちはどうしたんだ？」

強引に気持ちを切り替え、加地谷は周囲を見回した。

「俺たちが来るよりずっと早く現場を見ていったそうですよ。そんで、今は周辺地域に聞き込み中っす」

「こんな夜中に近隣住民を叩《たた》き起こして話を聞くのか？」

問い返すと、浅羽はやや大げさに手を振り、

「まさか。二十四時間営業のコンビニとか、遅くまで営業している店なんかを当たってるんすよ。防犯カメラに茜ちゃんを連れた人間が映っていれば、すぐに身元も割れるでしょうし」

「そういうところは地味なんだな。得意のプロファイリングはどうしたんだ」

加地谷は皮肉交じりに呟《つぶや》き、鼻を鳴らす。馬鹿にしたつもりではなく、加地谷なりの感心の意を表したのだが、浅羽は「まあまあ」と困ったようになだめようとしてくる。この女好きにとっては、御陵伽耶乃のような変人も等しく『かわいこちゃん』の部類に入るらしい。どれだけ毛嫌いされ、タマを蹴《け》り上げられようとも、悪口の一つも言おうとしないのだ。お優しいことだが、コイツの場合は、多分に下心が含まれているはずなので、決して褒められたものではないのだが。

「それにしてもこの手紙って、何か——」

浅羽が小難しい顔で何か言いかけた時、彼の携帯が呑気《のんき》な着信音を響かせた。

「あ、カジさん。噂をすれば伶佳ちゃんからっすよ。もしもーし」

着信音以上に緊張感のない声で浅羽が電話に応じる。そのままやり取りを始めた浅羽

をよそに、加地谷は再度、茜の部屋をぐるりと見回した。白い木のタンスやクローゼット、勉強机やベッドに至るまで、全て同じメーカーで揃えられている。購入して間もないらしく、ほとんど使い込まれた形跡はなかった。西条茜がこの家に引き取られてから新たに購入したのだろう。室内の壁や天井にも、経年による劣化は見られず、真新しいアイボリーの壁紙も、天井の小洒落た照明も、やや弾力のある柔らかいフローリングも、すべてリフォームによって造り替えられたものだろう。直昭の部屋と比べても、やはりこの部屋は茜のためにわざわざ用意されたものだとわかる。

そのことに鑑《かんが》みても、保護者である西条夫妻が茜を邪険に扱ったり、疎ましく思っているとは考えにくい。おそらく、この家で邪魔者扱いされていたのは直昭の方だろう。受験に失敗し、就職もせずに十二年間も引きこもっていたという直昭は、親のすねをかじって生活しながら、アイドルグッズをせっせと収集し、明日の見えない日々を送っていた。そんな中、現れた茜に対し歪《ゆが》んだ欲望を向けたという筋書きは、理解はできないが納得はできる。ベッドの脇に転がったおもちゃの手錠。鎖の部分が力任せに引きちぎられたそれを見下ろしていると、加地谷は胸のむかつくような思いがした。

茜が直昭の毒牙にかからなかったのは不幸中の幸いだ。そういう意味では手紙に登場する『おじさん』は彼女にとってヒーローだった。いや、それ以前に、出会った時から彼女はこの『おじさん』に対し、特別な親近感を抱いていた。離れて暮らす兄に似ているという理由から、茜はかなり心を開いていたようだ。また、読書好きという共通点もあってか、しばしば交流を重ねては好きな本の感想を伝えていた。

――本の、感想。

一瞬、思考が停止した。次の瞬間、加地谷はハッと我に返り、茜の勉強机に飛びつく。そこに積まれた何冊かの本の一番上に、『フランケンシュタイン』を見つけて思わず手に取った。小学生用に読みやすく訳された児童書で、奥付の箇所に栞《しおり》が挟みこまれていた。

「まさか……」

ぽつりと、蚊の鳴くような声で呟いた加地谷は、その先に続く言葉を頭の中に浮かべ、ひとり強烈な戦慄《せんりつ》を覚えた。もしこれが単なる想像ならば、神経過敏な自分を笑ってやればいい。だが、そうでないとしたら、一刻の猶予もないかもしれない。

「カジさん、大丈夫っすか？」

電話を終えた浅羽が、窺《うかが》うような視線を送ってくる。小刻みにうなずいて問題ないと示すと、浅羽は少々、小難しそうな顔をして言いづらそうに切り出した。

「いいニュースと悪いニュース、どっちから聞きたいっすか？」

「めんどくせえからいっぺんに話せ」

加地谷が食い気味に言うと、浅羽はくたびれたようにうなじの辺りをさすりながら、

「じゃあ悪い方から言いますよ。伶佳ちゃんたちが付近の防犯カメラを当たってみた結果、誘拐犯らしき人物の姿も、茜ちゃんの姿も映っていなかったらしいっす。カメラの

ない道を行ったのか、車に連れ込んで移動したのかもしれないっすね。いい方のは、手紙に書かれていた『おじさん』の正体がわかったたってことっす。近くに大きな公園があって、そこのベンチでよく、学校帰りの茜ちゃんと一緒にいる男の姿が、公園の防犯カメラに映っていたんすよ。なんとその人物っていうのが——」

「青柳史也だな」

「え、え？　はぁ？」

素《す》っ頓狂《とんきょう》な声を上げ、浅羽は目を白黒させた。加地谷を驚かせようとしたり顔を作っていたのが、逆に驚かされてしまい、もはやどういう感情を表したらいいのかわからない。そんな間の抜けた顔をして、何度も目を瞬《しばた》いている。

「な、なんでわかったんすか？」

「お前はどうしてわからねえんだよ。俺と一緒に捜査して、同じもんを見てるはずだろうが」

言いながら、加地谷は先程の便せんを引っ掴《つか》み、浅羽の目の前に突きつける。

「わかりやすいところで言えばこれだ。『琴絵さん』って書いてあるだろ」

「はあ、これが何か……？」

「俺たちは、この女に会ってる。青柳の家でな」

「……あ、ああ。そうだ。そうっすよね。あの気の強い美人、たしか久間琴絵って名乗ってましたね」

ようやく合点がいったように、浅羽は手を叩く。

「それに、『フランケンシュタイン』なら青柳の家にもありました。それなら納得っす。いやあ冴《さ》えてますねえ。やっぱカジさんの野生のカンは侮れないっす」

それを言うなら刑事のカンだろうが、と内心で突っ込みながら、加地谷は茜の部屋を飛び出した。

「ちょ、カジさん、現場どうするんすか」

「適当にやらせとけ。それより天野にもう一回連絡だ。現地で集合するぞってな」

「現地？　現地ってどこっすか？　ねえ、カジさんったら！」

追いかけてくる浅羽の声を背中に聞きながら、行き交う捜査員たちを躱《かわ》しつつ西条家を飛び出し、加地谷は脇目《わきめ》もふらずに路上に停めていた捜査車両に乗り込む。エンジンをかけ、シフトレバーをドライブに入れ、アクセルを踏みこもうとしたところで浅羽が慌ただしく助手席へと飛び乗って来た。

「ちょ、ちょっと待っ……わわっ！　あっぶないなぁ！」

浅羽がドアを閉めるのも待たず、加地谷は思いきりアクセルを踏み込んで勢いよく車を発進させた。人通りのない通りにエンジン音が轟《とどろ》き、街灯の明かりが凄《すさ》まじい速度で後方へ流れていく。

「危ないのはお前だろうが。動き出した車に飛び乗るんじゃねえよ」

「置いて行こうとするからですよ！　もう！　死ぬかと思ったぁ！」

「うるせえな馬鹿野郎。こんなもんで死ぬか。いいからさっさと連絡しろよ」

「今しますよ！　すればいいんでしょ！」

きいきい喚《わめ》きながらシートベルトを締めた浅羽はスマホを取り出し、伶佳の番号をタップする。漏れ聞こえてくるコール音が、焦燥感を駆り立てた。

「で、どこに行くんすか？　もったいぶらないで教えてくださいよ」

「『幽霊屋敷』に決まってんだろ」

突き放すような口調で言うと、浅羽はきょとんとした顔で首をひねった。

「それって、青柳史也の家っすよね。そこに茜ちゃんがいるんすか？　青柳が手紙に書かれていた『おじさん』だとして、彼女を誘拐したのは別人でしょ」

「だとしても、奴が何かしらの形で関係しているのは間違いねえだろ。誘拐犯が茜を狙ってることに気付いて助けに来たって可能性もあるんだ。手遅れになる前にガキの居場所を見つけるためには、話を聞く必要があるだろうが」

この期に及んで奴が何も知らないわけはない。車を走らせながら、加地谷は自身が抱いた史也に対する印象が、最初から間違っていたという事実を受け入れようとしていた。やはりあの男は、善人の皮を被《かぶ》った殺人鬼だったのか。伽耶乃の言う通り、奴が義妹を……。

「まさかカジさん、茜ちゃんが次の被害者だと思ってるんすか？　青柳が、彼女を殺すつもりだって……」

浅羽の問いにはあえて何も答えず、加地谷は沈黙を決め込んだ。電話がつながり、伶佳に青柳邸で合流する旨を伝える浅羽の声を聞くともなしに聞きながら、加地谷は汗ばむ手でハンドルを強く握りしめ、アクセルを強く踏み込んだ。

目的地へ向かう前に署に立ち寄り、拳銃《けんじゅう》を携帯したうえで再度、青柳史也の自宅に車を走らせた。到着した時、建物付近の路肩に捜査車両が停められていて、青柳邸の門の前には伶佳と伽耶乃の姿があった。

「待ったか？」

「いえ、我々も少し前に到着したところです」

そうか、と相槌《あいづち》を打ってから視線をやると、ブロック塀にもたれしゃがみ込んだ伽耶乃が、うつらうつらと船を漕《こ》いでいた。

「彼女、日付をまたぐと起きていられない体質だそうで……」

加地谷の視線に気づいた伶佳が、弁解するように言った。「子供かよ」と小さくぼやいてから、加地谷は気を取り直して青柳家を見やる。

「明かりはついてねえな。留守か？」

「インターホンを押してみましたが、応答はありません。まだ戻っていないのでしょうか」

「それか、二度と戻らねえかだな」

思わせぶりな口調で呟《つぶや》き、加地谷は門扉に手をかける。施錠されていない門はきいい、と甲高い音を立ててあっさりと開いた。

「カジさん、踏み込むんすか？」

「あたりめえだろうが」

「しかし、令状もないのに……」

及び腰になる浅羽と伶佳を順に見据え、加地谷は嘆息する。

「そんなこと言ってる場合かよ。子供がさらわれてんだぞ。美間坂の時みたいに、後になって死体を見つけるなんてのはごめんだ」

「そりゃあそうですけど……」

浅羽は複雑そうに眉《まゆ》を寄せた。伶佳と視線でやり取りをし、どうするべきかを考えあぐねている。

「もういい。俺一人で——」

言いながら踵《きびす》を返した加地谷は、しかしそこで立ち止まった。いつの間にやらまどろみから覚めた伽耶乃が、門と玄関の間に立ち、闇夜に浮かび上がる青柳邸を見つめている。

「『この哀しみの館に帰っておいでヴィクター。敵に対する復讐《ふくしゆう》心ではなく、おまえを愛する者に対する思いやりと愛慕の気持ちだけをもって』」

普段のお茶らけた口調ではない。取り澄ましたように厳かな口ぶりで、やたらと澄んだ伽耶乃の声が夜のとばりに浮かんでは消える。

「――お前、何言ってんだ？」

「何ってことないでしょお。引用だよ、い・ん・よ・う」

小さい子供に言い聞かせるみたいに、伽耶乃は口を大きく動かした。

「引用だぁ？　もしかして『フランケンシュタイン』のか？」

「そう。アルフォンス・フランケンシュタインが息子のヴィクターに宛てた手紙にね、その一文があるんだ。一番下の弟が怪物に殺されて、悲しみに暮れる家族の許《もと》にヴィクターを呼び戻す時のね」

加地谷の方を振り返り、軽くウインクをした伽耶乃が得意げに鼻の下をこする。

「さらわれた茜ちゃんと青柳史也は『フランケンシュタイン』の話題で通じていた。その茜ちゃんを次のターゲットとして誘拐したんだとしたら、物語の中には青柳の内面を測る重要な手掛かりが隠されているんじゃないかと思ってね。予習したの」

「予習って、いつの間に？」

浅羽が怪訝《けげん》そうな声を漏らす。呼び出しを受け、西条家に到着してからここに至るまで、ゆっくりと本を読む時間などなかったはずだ。

「聞き込みに行った古本屋で見つけて軽く立ち読みしたんだよ。五分くらいでささっとね」

何でもないことのように言って、伽耶乃は小首をかしげる。浅羽や加地谷が何故驚いているのかが分からないとでも言いたげに。

「まあいい。それで、何かわかったのかよ？」

加地谷が訊《たず》ねると、伽耶乃は何の臆面《おくめん》もなく首を横に振った。

「ぜーんぜん。だからここに来たんだよ。青柳史也の深いところまで、しっかりと覗《のぞ》いておくためにね」

こちらの反応も待たず、伽耶乃はずかずかと敷地内を進み玄関へ。そして迷いのない動作でドアノブを握ると、勢いよく開いた。

「あーあ、不用心だねぇ」

肩越しに振り返ったその顔は、意気揚々と輝いている。

「御陵警部補、勝手に上がり込むのは……」

伶佳の制止に対しても「へーきへーき」と根拠のない返事をして、伽耶乃は勝手に玄関の明かりをつけ、靴を脱ぎ、わざわざスリッパに履き替えて上がり込む。遅れをとらぬよう、加地谷がその後に続くと、躊躇《ためら》っていた浅羽と伶佳も、渋々といった様子でついてきた。

家の中は前回訪れた時と変わらず、綺麗《きれい》に整頓《せいとん》されていた。生活感のない殺風景なリビングが四人を迎える。

「ああ、これだね。大事にしているっていう『フランケンシュタイン』は」

伽耶乃がキャビネットの扉を開け、中から古びた装丁の古書を取り出した。それを矯《た》めつ眇《すが》めつ、表紙を眺めたり、ぱらぱらとめくったりして、本に異状がないかを確認する。それを横目に、浅羽と伶佳に二階を調べるよう指示を出し、加地谷は一階フロアを確認して回った。わかっていたことだが、やはり家の中に史也の姿はなかった。リビング横の和室、キッチン、バスルームにトイレ、物置にウォークインクローゼットに至るまで片っ端から見て回ったが、鼠一匹隠れている様子はなかった。

一階の最奥には書斎があり、手紙の中で茜が表現していた通り、左右の壁には天井まである本棚が設置され、びっしりと本で埋め尽くされていた。大半は日本の作品だが、翻訳書もかなり多く、洋書もいくつか見受けられた。ほとんどは史也の父親のコレクションであるようが、綺麗に保存されているところを見ると、史也自身にとっても重要なものなのだろう。

多くの本に囲まれていると、それだけで自分が高尚な人間になったような気がするから不思議だ。もっとも、加地谷は本など生まれてこの方ろくに読んだことがない。捜査のために必要と判断した資料は読むこともあるが、プライベートの時間に読書をするなんてことはまずなかった。学生時代ならともかく、毎日仕事に追われていては、のんびり本を読むどころか、家族との時間すらも確保できないのが普通だ。一人でも多くの犯罪者を捕まえ、被害に遭う人を減らせるなら、自分の人生など安いものだと常に己に言い聞かせて刑事を続けてきた。もちろん、そんな生き方が本当に正しいのかという疑問は無いわけではないのだが。

所狭しと並べられた無数の本を眺めながら感傷に浸っていると、背後で気配があった。

振り返ると、伽耶乃が書斎に入ってくるところだった。

「うわぁ、すっごいねこの部屋。うらやましぃー。ボクもこんな書斎のある家に住みたいなぁ」

両手を広げ、ぐるぐる回りながら、伽耶乃は室内の空気を深く吸い込んだ。

「遊びに来てるんじゃあねえんだぞ。まじめにやれ」

「心外だな。ボクはいつだって真面目だよ。そっちこそ肩肘《かたひじ》張り過ぎなんじゃないの？」

軽い口調で言いながら、伽耶乃は書斎を歩き回る。左右の壁一面を覆う本棚を隅から隅まで吟味するように眺めまわし、そこに収められた本をしげしげと観察していった。

「ゲーテにニーチェ、キルケゴール、トルストイ、カミュ、ドストエフスキーにシェイクスピアまである。青柳史也の父親は、かなりの読書家だったんだね。こんな難しい本ばっかり読んで、子供には愛情を注がなかったタイプかな」

「想像で物を言うのはやめろ。プロファイリングじゃあ、そこまではわかんねえだろうが」

ぴしゃりと断じると、伽耶乃はややオーバーに肩をすくめる。

「まあね。でも想像することは大切だよ。例えばこの部屋。父親が死んでからもそのまま残されて、今は史也が使っている。もし彼が父親を嫌悪し憎んでいたら、そんなことはしないよね。この部屋に充満する本の匂いは父親の匂いでもある。そんな場所に長くいることなんて出来ないはずだ。お金もあるんだし、ボクが史也だったらさっさとリフォームする」

「使っているとは限らねえだろ。物置代わりにしている可能性だってある」

「だとしたら、比較的新しかったり、ジャンル違いの専門書なんて、置いてあるわけないよね」

言いながら、伽耶乃は机のそばの棚を指差した。そこには、精神医学に関する専門書や、医学書と思《おぼ》しき背表紙が並んでいる。PTSD、解離性同一性障害、うつや双極性障害などを取り扱ったものが多く見られた。

「本だけじゃないよ。机に比べてこの椅子は古くはないし、値の張るものでもなさそうだから、座り心地の良い椅子に買い替えたんじゃないかな。ほら、年代物の家具って、見た目は良いけど機能性はいまいちだったりするし、使い込んでいるうちに壊れちゃうなんてこともあるからね」

「なるほどな。お前の言う通り、史也はここに座って読書に耽《ふけ》っていた。それは分かったが、それがどんな手掛かりになるってんだ?」

質問に答えることなく、伽耶乃は革張りの椅子に飛び乗り、くるくると回転させながら、

「それはこれからかなぁ」

「おまえなぁ……」

マイペースな伽耶乃の振る舞いにしびれを切らした加地谷が、今度こそ怒鳴りつけてやろうとした矢先、回転させていた椅子をぴたりと静止させ、伽耶乃があっと声を上げた。

「あれ、何だろ……」

ぼそりと言いながら立ち上がり、机を迂回《うかい》するようにして窓辺に近づく。窓ガラスは格子入りで、上げ下げして開閉するタイプだった。その窓と窓枠との間に、白い紙きれのようなものが挟まっている。半分以上は室内にあり、わずかに外へ飛び出した紙の端が、夜風にあおられて小刻みに揺れていた。

「青柳史也からの挑戦状だったりして」

そんなわけがあるか、と口にしかけた加地谷は、紙面に記された文字を目にした瞬間、声を発するのを忘れて押し黙った。

『あの子は連れていくね。お兄ちゃんが来てくれるの、待ってるから』

まるで、小さい子供が書いたように拙《つたな》い字だった。

「なんだよこれ。どういうことだ？」

問いかけた声に、応答はない。

「おい、どうなってんだよ。西条茜を攫《さら》ったのは青柳史也なんじゃあねえのか？」

重ねて問いかけると、ようやく伽耶乃は反応を示し、小刻みに頭《かぶり》を振る。

「そのはずだよ。犯人は青柳で間違いない。彼は犯人像にも一致する。ボクのプロファイリングは間違えたりなんか――」

「プロファイリングなんてどうでもいい。今はこれの話をしてんだよ。何者かがこれを史也に読ませるために残したんだとしたら、誘拐犯が別にいるってことだ。その犯人は誰なんだよ。このメモはいったい誰が……」

「ちょっと黙っててよ！」

伽耶乃が声を荒らげ、キャップを脱いで癖のついた黒髪をがりがりとかきむしった。さっきまでの余裕は失われ、追い詰められた表情には戸惑いの色が浮かんでいる。

両手で頭を抱え込み、落ち着きなく視線を泳がせた伽耶乃は、取り憑《つ》かれたかのように、鬼気迫る表情で考えを巡らせていたが、やがて何かに気づいたように顔を上げ、周囲に視線を走らせた。

「そうか。そういうこと……」

呻《うめ》くように言いながら、伽耶乃は机のそばの棚に取りすがり、そこに並べられた本を次々に引っ張り出す。周囲の本がバサバサと音を立てて落下するのにも構うことなく、伽耶乃が手にした数冊の本が机の上に乱雑に並べられた。

「犯人はやっぱり青柳史也だよ」

「だったら、この書置きは何だ？」

思わず聞き返しながら、加地谷は小刻みに頭を振った。

「これも青柳が書いたものだよ。いや、正確には青柳の中にいる別の人物がね」

「別の、人物……？」

　思わず問い返すと、伽耶乃は無言で机に置いた書籍を指す。それは先程目にした精神医学に関連する書籍で、表紙には大きく『解離性同一性障害』の文字が記載がある。

「十五年前に死亡した青柳このみ。このメモを書いたのは彼女だよ」

「おいおいちょっと待てよ。いよいよわかんねえぞ。お前、ふざけるのも大概にしろよ」

　我慢の限界である。伽耶乃へと歩み寄り、加地谷はスタジャンの胸倉をつかんだ。

「プロファイリングだの何だのは我慢してやっていたが、さすがに今思いついたようないい加減な説明をされて納得できるわけねえだろうが」

　ふつふつとたぎる怒りを言葉に乗せてぶつけると、伽耶乃はその顔にわずかながら険を滲《にじ》ませた。

「ボクの見立てが間違ってるっていうの？　だったら、あんたはこれをどう説明するつもり？」

「少なくともてめえよりはまともな結論を出してやるよ」

「へえ、じゃあやってみなよ。今すぐ、ボクを納得させられるだけの説明をさあ！」

　伽耶乃は負けじと声を荒らげ、強く睨《にら》み返してきた。建物中に響き渡るようなその声を聞きつけてか、廊下を駆けてくる足音がして、ドアがあわただしく押し開かれた。

「ちょっと、どうしたんすかカジさん。もしかして、また伽耶乃ちゃんのこと虐《いじ》めてるんすか？」

「二人とも落ち着いてください。何があったんですか」

浅羽と伶佳が部屋に駆け込むなり、睨み合う加地谷たちの間に割って入る。

「少し目を離したらすぐにこれなんだから。どうして二人とも、仲良くできないんすかね」

肩を掴まれて伽耶乃から引きはがされた加地谷は、浅羽の手を乱暴に振り払い舌打ちをする。

「離せ馬鹿野郎。俺が絡んでいってるみたいな言い方するんじゃあねえよ」

「だったらどうして喧嘩《けんか》してたんすか？」

「うるせえな、こいつに聞け」

「あてっ！」

ひっぱたかれた後頭部を押さえ、不満をあらわにしつつも、浅羽は伽耶乃へと視線を転じる。同じように困惑する伶佳の視線を受け、皆の注目を集めた伽耶乃は、しかしあっけらかんとした様子で陽気な笑みを浮かべた。

「おっけー。何度でも説明するよ。茜ちゃんをどこかに連れ去ったのは青柳史也。そしてエンゼルケア殺人事件の犯人も同じ。その犯行を裏付けるのがこの書置きだよ」

伽耶乃が二人の眼前にコピー用紙を掲げる。そこに記された文章を見て、浅羽が怪訝《けげん》そうに眉《まゆ》を寄せた。

「これ、どういう意味っすか？　あの子ってのが茜ちゃんを指しているとして、お兄ちゃんっていうのは……？」

「史也自身のことだよ」と伽耶乃。

「それ、おかしくないすか？　この言い回しだって、まるで女の子が書いた文章のような——」

言いかけたところで、浅羽が珍しくカンを働かせた。はっと目を見開き、伽耶乃を見やる。

「もしかして、亡くなった青柳このみが書いたんじゃあ……。これ、幽霊の書いたメモってことっすか？」

「馬鹿野郎。そんなわけあるか」

期待したのが間違いだった。加地谷は落胆をあらわに嘆息した。

「でも、だったらどうして……」

あっさりと否定され、納得のいかない様子で食い下がる浅羽。それに対し、伽耶乃は同情的な笑みを見せる。

「そういうのも面白いかもしれないけど、今回はパスね。幽霊なんて出てきちゃったら、青柳史也が『フランケンシュタイン』に魅せられていたことの説明がつかなくなっちゃうから」

そう前置きして、伽耶乃は椅子に腰を下ろし、膝《ひざ》を抱えるような体勢で背もたれに身を預ける。そして、今しがた加地谷に見せた本を手に取った。

「真犯人は史也が心の中に生み出した怪物。殺人衝動を抱えた妹の人格だったんだよ」

「……解離性同一性障害。つまり、二重人格ということですか？」

差し出された専門書を受け取り、表紙に記された文字を読み上げて、伶佳はおそるおそる訊《たず》ねた。自信満々の表情でうなずいた伽耶乃は、黙り込む加地谷を一瞥《いちべつ》し、説明を続けた。

「始まりはきっと、十五年前の事件。妹を殺した彼は、自身も強いショックを受けた。追い打ちをかけるように、父親からの苛烈《かれつ》な虐待と両親の自殺。それらの出来事が史也の心に影を落とし、鬱屈《うっくつ》した精神状態に陥った彼は自身の中に妹の人格を形成したんだ。通常、別人格が形成されるのは、虐待を受けている状況から逃れるためだとか、何か強い悲しみに直面した際に孤独感を薄れさせるためと言われている。史也の場合もこれに近い状況だったんだろうね」

一息にまくしたて、伽耶乃は満足げに腕組みをする。真っ向から異を唱えたのは加地谷だった。

「精神的に追い詰められた史也が別人格を生み出した。それはいい。その人格が死んでしまった妹だってのも、まあうなずける。だが、それがどういう流れで今回の殺人事件に繋《つな》がっているんだ？」

「彼は単に妹の人格を生み出しただけじゃない。そうすることで自分の中にある都合の悪いものを妹に背負ってもらうことにしたんだ。都合の悪いものっていうのは——」

伽耶乃は言葉を切ってためをつくる。意図を汲《く》んで浅羽が後を引き継いだ。

「わかった。殺人衝動っすね。史也は当時、動物を虐待していたっていう噂がありました。妹を殺したのもその衝動が原因だった」

浅羽の意見に、伽耶乃は強くうなずく。

「そのことを後悔している青柳史也は罪の意識を免れるためにも、殺人衝動を抱える『怪物』を自分と切り離したかった。怪物を別の存在として認識することで、史也はつらい現実から逃避しようとしたってわけさ」

「成程、それで『フランケンシュタイン』だったのね」

伶佳は合点がいった様子で呟《つぶや》いた。浅羽も概《おおむ》ね、伽耶乃の仮説に納得している模様で、反論の意思は見られない。そして加地谷も、彼女の語る話がただの妄想などではなく、理論立てられたものであることを、半ば認めつつあった。

史也が自ら生み出した怪物。それは物理的なものではなく、彼の精神が生み出したもう一つの人格を指していた。その怪物は殺人という名の衝動に抗《あらが》うことができず、被害者を出し続けた。史也は怪物を恐れ、どうにかしなければならないと思い悩んでは、ひとり孤独に苦しみ続けてきたのだ。

初めてここへきて話をしたとき、彼が辛《つら》そうに見えたのも、つまりはそういうことだった。憎しみでも怨《うら》みでもない。被害者に対する強い罪悪感。それこそが、彼を苦しめる最大の要因であった。

　だから加地谷は、史也を殺人犯とは思えなかったのだ。彼には——いや、史也という人格には、他者に対する怒りや憎しみ、妬《ねた》みなどという負の感情自体が存在していない。もう一つの人格がそれらを一手に引き受けていた。その代わりにあるのは、妹の人格が手にかけた被害者に対する罪悪感や後悔だった。

　そこまで考えて、加地谷はようやく気がついた。十年前と六年前の死亡事故、そして今回の殺人事件。それらのすべてに共通する被害者を手厚く葬るような犯人の行動。その裏にあったのが、まさしく史也が抱える感情だった。彼は被害者を哀れみ、せめて安らかに眠ってほしいという気持ちから、遺体をあのように安置したのではないか。

　導き出した結論に一人息をのむ加地谷をよそに、伽耶乃の解説は続く。

「おっさんゴリラが史也と殺人犯との間に微妙な違和感を覚えていたのも、この理論なら説明がつくでしょ。几帳面《きちようめん》で細かなところに気がつく史也に対して、妹の人格はひどくおおざっぱ。プロファイリングの結果に差異が出ていたのは、殺人を行ったのが妹の人格だったからだよ。普段の史也に当てはまらないのは当然だよね」

　おっさんゴリラという呼び方はともかく、伽耶乃の発言にこれ以上異を唱える気にはなれなくなっていた。彼女が導き出した結論には、すべての点を繋ぎ、一本の線にするだけの説得力があるように思える。

「……わかった。お前の言うことを信じる」

「カジさん」

「加地谷刑事」

浅羽と伶佳が揃って安堵《あんど》の息をつく。

「ここへきてようやく、全員の意見が一致したってことっすね」

「いやいや、安心してる場合じゃないよ。早く茜ちゃんの所に行かないと」

伽耶乃に言われ、浅羽が「うわ、そっか」と声を上げて自身の額を押さえた。

そうなのだ。依然として状況は何も変わっていない。史也の居場所は知れず、茜を救い出す手だてはみつからない。

「ああもう、どうすりゃあいいんだよぉ……」

握りしめた拳《こぶし》を本棚に叩《たた》きつけながら、浅羽がもどかしげに声を漏らす。

「署に応援を要請するにも、やはり居場所が明らかにならなければ打つ手がありません」

同じように、伶佳が歯嚙《はが》みする。スマホを握る手が白くなるほど、強い力を込めているのがわかる。だがここでも伽耶乃は普段の調子を崩さず、泰然とした様子で足を組み、机に頰杖をついた。この期に及んで何を余裕ぶっているのかという言葉が喉元まで出かかったが、しかし、その余裕に確固たる意味があるのではないかということに思い至った時、加地谷の中で何かが弾《はじ》けた。

間違いない。この女には居場所についての目途《めど》が立っている。それはつまり、これまでに集めた情報の中に、目星をつけられるものがあったということを示してもいた。

加地谷は脳みそに鞭《むち》打って思案する。鍵《かぎ》になるのは、やはり青柳史也の過去だ。妹を殺したことによって始まった彼の苦悩。そして始まった断続的な殺人。その目的を伽耶乃は『やり直し』だと言った。妹と同じ状況で人を殺すことで、空想を現実のものにしようとしていると。

その解釈は間違っていないだろう。妹の死を受け入れるための、儀式としての殺人。現に彼は被害者たちに私的な憎しみを抱いてはいなかった。犯行を行ったのは妹の人格だったのだから。

──いや、ちょっと待て。それじゃあ辻褄《つじつま》が合わねえぞ。

ふと胸に浮かんだ微《かす》かな違和感。そのたった一つの疑惑が、真っ白なシーツに一点のシミを落としたように広がっていく。

「あれぇ、加地谷刑事。悩んじゃってるねえ？」

にやにやと、挑発的な伽耶乃の台詞《せりふ》に構う余裕もなく、加地谷は思考を続ける。

「御陵警部補、青柳史也の居場所がわかっているんですか？」

「だったら教えてよ。一刻を争うんだからさ」

二人に詰め寄られた伽耶乃はうーん、と唇に指をやり、わざとらしくもったいぶって見せた。人をおちょくるようなその態度は気に入らないが、今は構っている余裕はない。

じわじわと広がっていく強烈な疑惑が脳内を占め、加地谷は混乱を極めていた。

つい一分前までは完璧《かんぺき》に思えた伽耶乃の推察が、今は穴だらけにしか思えない。大枠は間違っていないが、肝心な箇所に抜けがあるのだ。それも、決定的な抜けが。

「青柳このみが殺された河川敷だよ」

しびれを切らしたように、伽耶乃が言った。押し黙ったままの加地谷に対し、時間切れとでも言いたげに、嘲《あざけ》るような笑みを浮かべている。

「すべての犯行は『水のそば』で行われていた。それは義妹の死の状況を少しでも再現するためだった。今回は好きな場所に西条茜を連れていける。だったら、『やり直す』のに最も適している場所に連れていこうとするのは道理でしょ」

伽耶乃が自信に満ちた口調で言い放つのとほぼ同時に、伶佳が署に連絡を入れ、浅羽は踵《きびす》を返して書斎のドアを開け放つ。

「カジさん、行きましょう！」

加地谷が応じるのを待たず、浅羽は廊下を駆けていった。やや遅れて、加地谷が踵を返した時、

「今回は、あたしの勝ちだね。加地谷刑事」

勝ち誇ったような声に振り返ると、足を組み替えた伽耶乃が得意げに鼻の下をこすった。

何か言い返そうとする一方で、相手にしていられないという焦燥感が勝った。この生意気な小娘に対する怒り以上に、痛烈な違和感が加地谷を苛《さいな》んでいた。同時にそれは一つの確信として、胸中にわだかまる直感を後押ししている。

「……さあ、それはどうかな」

「あれ、まーだ認めないの？　諦《あきら》めなよ。往生際悪くあがいて、またスタンドプレイに走られても困るんだよね。浅羽くんはともかく、レイちゃんが危険な目に遭うのは、ボクとしては許容できない問題だし」

細められた伽耶乃の眼にヒヤリとするような敵意が宿る。言外にかつての相棒のことをちらつかせているのは明白だった。そうすることで加地谷を怒らせ、冷静な判断力を奪うのが狙いなのだろう。だが今は、そんな駆け引きをしている場合ではない。加地谷の中ではすでに、伽耶乃との意地の張り合いは終わっているのだ。

「……ふん、いいかクソガキ、これだけは言っておくぞ」

「なぁに？」

顎《あご》を持ち上げ、挑戦的に見返してくる伽耶乃を真正面から見下ろして、加地谷は口元に不敵な笑みを刻んだ。

「刑事を舐《な》めるなよ。てめえには絶対に吠《ほ》え面《づら》かかせてやるからな」

迷いのない、鋭い口調で告げた途端、伽耶乃の顔にほんの一瞬ながら、動揺の色が浮かんだのを、加地谷は見逃さなかった。

ふつふつと沸き上がる異様な感覚に身をゆだね、武者震いする身体に鞭打って、加地谷は書斎を後にした。

——やめてくれ。

静まり返った住宅街を抜け、ゆるくカーブを描く道を息を切らして駆け抜けながら、青柳史也は内心でそう叫んでいた。

——頼むから、やめてくれ。

2

やがてさわさわと草木のこすれるような音が聞こえ、その先から、湿った冷たい風が流れてくる。数日続いた雨によって増水した荒々しい川の音は、十五年前のあの日と同じように、彼の耳に死神の囁《ささや》きのように響いていた。

——もう、終わりにしてくれ。

通りを渡り、土手を転げるように降りて、懐かしい公園を抜けた先に、川岸へと降りていく小道がある。迷うことなくそこを下ると、流れる水の音はより一層強まり、背の高い雑草に囲まれたせいで、方向感覚を失ってしまいそうだった。

夜露に濡《ぬ》れた草花の中を泳ぐようにしてかき分けながら進むと、やがて黒い土に覆われた地面と白い柵《さく》が設けられた川岸が現れた。柵の先には、轟々《ごうごう》とうなりを上げる水の流れがあった。

十五年前もそうだった。あの日、四つ年の離れた義妹と『彼女』の姿がないことに気付いた史也は、辺りを散々捜し回った。何が起きているのかなんてわからない。だが、良くないことが起きるという確信だけは確かにあった。胸騒ぎに急《せ》き立てられるようにして、ここにやって来た史也は、町を南北に二分する大きな川のY字形をした中州の辺りに浮かぶ真っ赤なスカートを発見した。義妹の大好きなチェック柄の赤いスカートだった。そして、そのすぐそばに『彼女』がいた。同じように水に浮いている彼女を、史也は慌てて引き上げた。

義妹ではなく、彼女を先に……。

「来たんだね、お兄ちゃん」

闇の向こうから声がして、史也は遠い記憶から立ち返る。辺りを見渡すと、白い柵に沿って西の方向に少し行ったところに、ぼんやりとした人の姿があった。

「そこにいるのか……？」

呼びかけると、明るい声で応答があった。誘われるようにぬかるんだ地面を歩く。義妹を失ったあの日以来、史也はこんな風に暗闇の中を歩き続けている。

両親が自殺し、送られた施設から帰って来たその年に、彼女は史也の前に姿を現した。

――人を殺してきたの。

事態を理解できない史也に対し、彼女が告げたのがその一言だった。まるで、光を求めて進もうとする彼を暗い穴の底へと引きずり下ろそうとするみたいに、彼女は嬉々《きき》として殺人の詳細を語った。いや、正確には、彼女の中にいるこのみがだ。

このみがまだこの世に存在していることを思い知らされたのは、まさにあの瞬間だった。その後も義妹は、数年おきに目を覚まし、史也の許を訪れた。毎日のように、あの書斎の窓越しに史也に語り掛け、そして成長した自分と同年代の女性を殺したのだと打ち明ける。史也は現場に急ぎ、その話が事実だと思い知らされる。その繰り返しだった。

見知らぬ女性の遺体を丁寧に整えたのは、せめてもの償いのつもりだった。自分が『怪物』をこの世界に呼び戻してしまったせいで、何の罪もない彼女たちは命を奪われた。すべては自分の責任なのだと、史也は己を責めた。

そして今年も、義妹は目を覚ました。すでに一人殺している。生命の輝きを失い、虚《うつ》ろに開かれた被害者の瞼《まぶた》を閉じたとき、史也は身を切られるような苦しみに襲われた。

そして今、新たな犠牲者となる西条茜が彼女の傍らに横たわっていた。意識を失っているのか、動く気配はない。

「このみ」

呼びかける声に応じ、彼女はにっこりと笑みを浮かべた。懐かしさすら感じさせる柔らかな笑み。幼い史也の心を奪った罪作りな笑顔だった。

「待ってたよ。お兄ちゃん」

そう言って、久間琴絵は無邪気な子供のように笑った。

3

　十五年前、青柳このみが遺体で発見された河川敷は、青柳家から車で五分程度の距離にあった。だが、一口に河川敷といってもかなりの広さがあり、ましてや真夜中ということもあって、そこに人がいたとしても、簡単に見つけることはできなかった。

　加地谷は過去の資料に目を通していたが、遺体の細かい発見場所までは把握しておらず、河川公園を目印に足を使って捜し回るしか手段はなかった。浅羽と共に緑地に分け入り、街灯の明かりを頼りにして史也の姿がないかを捜した。そこに、さらわれた西条茜の姿もあると信じて。

　十分か十五分か、あるいはそれ以上の時間、ひたすら急き立てられるような気持ちで暗闇に目を凝らし探索を続けた加地谷は、増水した河川から響く獣の咆哮《ほうこう》じみた流水音に紛れて、なにやら人の話し声のようなものを耳にした。

「おい、浅羽」

「はい、ビンゴっすね」

　小声で応じた浅羽に目配《めくば》せをして、二人は身を低くして先へと進む。泥沼に鼻まで浸《つ》かるような気持ちで緑地の中を進んでいくと、程なくしてこちらに背を向けた男の姿が見えた。川の方を向き、何かに対して身構えるような体勢。その視線の先、白い柵の手前には、地面に倒れ伏している西条茜らしき姿。そして、その隣には……。

「カジさん、あれ茜ちゃんっすよ！　それにあそこにいるのって確か……」

「ああ、久間琴絵だな」

「どうなってるんすか？　なんで彼女が？　え？　まさか二人は共犯……？」

「うるせえんだよ馬鹿野郎。少し声を落とせ」

一人で取り乱し始めた浅羽の頭をがっしりと摑《つか》み、加地谷は草むらに屈《かが》みこんだ。そのまましばらく息をひそめていたが、気付かれた様子はなかった。思わず安堵《あんど》しながら、ちくちくと皮膚を突き刺してくる雑草をかき分け、二人は史也の顔が見える位置まで移動する。

「何を話してるんすかね？」

押し殺した声で浅羽が訊《き》いてくる。加地谷は無言で頭を振り、さらにもう一歩、史也との距離を詰めた。あまり近づきすぎると気付かれてしまうが、離れすぎると会話が聞こえない。史也と茜、そして久間琴絵の状況をしっかりと把握するまでは、不用意に飛び出したり、刺激するような行動は控えるべきだろう。何しろ相手は何人もの命を奪っている殺人犯なのだ。警察がすぐそばに迫っているとわかれば、逆上して茜に危害を加えかねない。慎重に様子を窺《うかが》い、いつでも飛び出す覚悟を決めた状態で息をひそめつつ、加地谷は数メートル先の史也と琴絵のやり取りに意識を集中させた。

「どうしたのお兄ちゃん。人でも殺しちゃいそうなくらい怖い顔してるけど」

琴絵は口元に手をやり、くすくすとからかうような口調で言った。対する史也は険しい表情を浮かべ、うつむきがちに唇を噛《か》みしめている。二人の間に漂う空気は明らかにおかしかった。琴絵は青柳家で会った時とはまるで別人のような喋《しゃべ》り方をしているし、史也に対する言動にも違和感がある。

「何なんすかこれ、なんで久間琴絵は青柳のこと『お兄ちゃん』って……」

「黙って見てろ」

鋭く囁いてから、加地谷は自身の胸を占めていた疑惑の正体に改めて目を向けた。

伽耶乃のプロファイリングによって導き出された殺人事件の犯人。史也の中に生まれたもう一つの人格。それこそが『怪物』の正体だと彼女は言った。だが、それは大きな誤りであったことを、目の前の光景が証明している。青柳このみの人格は史也の中に生じたのではなく、久間琴絵の中に生じていた。

伽耶乃は一連の殺人事件の動機を『義妹の死をやり直している』からだと言った。数年おきにやってくる殺人衝動に駆られ女性を殺す。それはいい。いつも現場が水辺で後頭部を殴打された遺体という共通点も、『やり直しのため』と言われれば納得できる。だが問題は『やり直し』のために殺しているはずなのに、犯行を行ったのが『このみの人格』であるという点だ。

伽耶乃のプロファイリングでは、史也の性格、人間性と犯人像がかみ合わないことがわかっている。それは、二つに分かれた人格のもう一方が犯人だったからという説明が為《な》された。確かにその前提ならば、問題なくプロファイリング通りの犯人像が浮かび上がってくるかもしれない。だが『やり直し』のために被害者を殺害していたのがこのみの人格になってしまうと、この動機には矛盾が生じる。つまり、『このみ自身が自分の死をやり直すために被害者を殺している』ことになってしまうわけである。加地谷が引っかかったのはまさしくこの点だった。

これは明らかなパラドックスだ。一見すると筋が通っている伽耶乃の推理に生じたこの違和感が、皮肉にも加地谷の視界をクリアにした。おかげで、今まさに目の前で行われている史也と琴絵の対峙《たいじ》が、実際は史也とこのみの対峙であるということをスムーズに理解できた。

伽耶乃の導き出した答えは、九十パーセント正解だった。だが残りの十パーセント、最も肝心な点が抜けていたのだ。すなわち、青柳史也は妹を殺していない。もし彼がこのみを殺し、罪悪感を抱いていたとしたら、『やり直したい』という観念は生まれないはずだ。彼がやり直しを求めるとしたらそれは、義妹の死を受け入れるためではなく『救えなかった妹を今度こそ救うため』ではないのか。

同じ理由で、彼は、妹の本性を両親に隠し通すことで、彼らがより苦しむことを回避していたのだ。事故の前に、小動物の死体などを埋めている姿を見られたのは、妹が殺した動物の後処理をしていただけだったのだろう。それがよからぬ噂を生み、動物殺しという汚名を着せられてしまった。

十年前の事件と六年前の事件はもちろん、今回の事件に関しても、女性たちを殺害したのがこのみの人格という点は間違っていない。ただ、その人格が宿っていたのは史也ではなく、幼なじみの琴絵だった。人通りの多い通りから大石未央殺害現場までの間に争った形跡はなく、また強制的に連れていかれた痕跡《こんせき》もなかったのは、被害者が進んで犯人について行ったからだ。夜道で声をかけてきたのが女性だったからこそ、警戒を怠ってしまったのである。そして、油断しているところを襲われてしまった。

同じ女性同士、不意を突けば後ろから殴り殺すことは可能だろう。彼女はその後始末を史也にやらせたのだ。このみの人格が宿る琴絵が殺人犯として捕まらないように、遺体から証拠を取り去ったうえで、あたかも犯人が男であるように見せかけるために史也は自分の足跡を残した。そして、何の罪もない被害者に同情し、遺体を綺麗《きれい》に安置したのだ。

今回の事件当日のアリバイについても、琴絵が彼を守るために嘘をついたのか、あるいは、このみが事件を起こしている間の記憶が失われている琴絵のために、史也が持ち掛けた嘘の供述だったのかもしれない。

だが、そこまでわかっていてもなお、加地谷が抱えた疑惑のすべては解消されていない。最もシンプルで根本的な疑問。それは何故このみの人格が琴絵の中に宿っているのかということ。どういういきさつで、彼女が史也の恐れる『怪物』へと変貌《へんぼう》してしまったのかであった。

その謎の答えが、二人の会話によって得られるかもしれない。そう思い、加地谷は再び耳をそばだてた。

「ねえどうしたの？　いつものお兄ちゃんらしくないね。って言っても、あたしが表に出ている時は家に入れてくれないから、書斎の窓越しに話す以外なかったんだけどね。この間なんかひどい雨が降ってて、びしょ濡《ぬ》れになっちゃったんだから」

おどけた口調で言いながら、琴絵――いや、このみが細い肩をすくめた。じっと黙り込んだままの史也は、やがて決心したかのように顔を持ち上げ、

「……違う。君は、僕の妹じゃない」

「はぁ？　何言ってるの今更。あたしだよ。お兄ちゃんの大事な妹の、このみだよ」

「違う」

「違わなーい」

食い気味に声を上げ、このみは史也を遮った。それから、はっと何かに思い至ったように表情を輝かせる。

「わかった。またあの話をするつもりなんでしょ。あたしは琴絵ちゃんが作り出した別人格で、本当のあたしじゃないってやつ」

史也の無言の肯定を受け、このみは再び、けらけらと笑い出した。

「勘弁してよ。何度言わせるの？　難しい医学書なんか読んで余計な知識を身に付けちゃったみたいだけどさ、そんなの無意味だよ。だってあたし本物だから。十五年前、あ

たしを殺した琴絵ちゃんの中に魂が入り込んじゃったんだよ。お兄ちゃんには、何度もそう説明したじゃない」

苦々しい顔をして、史也は頭《かぶり》を振る。告げられた言葉を受け入れることができず、大いなる戸惑いに身をやつしている様子だった。

加地谷はそう、内心で独《ひと》り言《ご》ちた。隣を見ると、浅羽は生唾《なまつば》を飲み下し、脇目《わきめ》もふらずに二人の様子を凝視していた。オカルト好きのこいつのことだ、今の話を頭から信じ込んでいるのかもしれないが、魂の憑依《ひょうい》と二重人格、どちらが本当かなんて議論はしたくない。それよりも肝心なのは、どうやって茜を救い出すかである。

加地谷はいつでも動き出せるよう身構えながら、その機会を窺《うかが》った。

「そうじゃない。琴絵はこのみの死にショックを受けて別人格を作り出したんだ。事故だったとはいえ、自分が人を殺してしまったというショックを緩和するための防衛機制が働いたんだと思う」

「違うってば。それはお兄ちゃんの願望でしょ。昔から、臭い物には蓋《ふた》をしろっていう性格だったもんね。パパとそっくりだよ」

「そんなこと……」

一瞬、史也は言い淀《よど》む。それだけで彼が動揺していることが手に取るように理解できた。

「ううん、そうだよ。あたしのこと、ずっと疎ましく思ってたくせに、あたしが野良犬とか飼育小屋のウサギを殺したことパパとママに黙ってたじゃない。死体を代わりに埋めてくれたのも、二人を悲しませないためだったんだよね」

再び、史也は沈黙。言葉はなくとも、彼の表情はこのみの意見を肯定していた。

「あたしね、お兄ちゃんがかばってくれて嬉《うれ》しかったんだよ。パパとママはあたしのことばかり気にして、お兄ちゃんのことはほとんど無視してた。だから嫌われちゃったと思ってたけど、お兄ちゃんはちゃんとあたしに優しくしてくれた。もっとお兄ちゃんと一緒に居たかったのに、外ではお友達とばかり遊んでたよね。特に琴絵ちゃんとはいつも一緒だった。それが、どうしても許せなくてさぁ」

このみの顔に浮かぶ微笑が、異様な気配を帯びた。深夜の夜風がその髪を怪しく揺らす。

「あたしは本当の自分をお兄ちゃんに見てもらいたかった。お兄ちゃんにだけは、わかってもらえると思ったから。それなのに琴絵ちゃんはいつもあたしたちの仲を邪魔しに来て、鬱陶《うっとう》しくて仕方なかった。いなくなればいいのにって、何度思ったかわからないくらいにね」

「だから琴絵をこの場所に連れ出して殺そうとしたのか。お姉ちゃんみたいだって喜んでいたのに」

「嘘に決まってるでしょ。そう言った方が、お兄ちゃんが喜ぶって知ってたし、そうでもしなきゃ、仲間外れにされるのはあたしの方だったから。けど、そういう関係がいい加減いやになって、ここに突き落とせば簡単に死ぬと思った。でもすっごく抵抗されちゃって、倒れた拍子にそこの手すりに頭をぶつけて、一緒に川に落ちちゃったんだよね」

こつん、と自分の頭を叩《たた》く仕草をして、このみは傍らに横たわる茜を見下ろした。彼女が目を覚ます気配がないことを確認してから、再び史也に向き直る。

「こういう気持ち、琴絵ちゃんにはわからないはずだよね？　てことは、あたしは偽物の人格なんかじゃなくて、本当のこのみだってことを証明してることになるんじゃないかな？」

またしても、史也は言葉を返せなかった。

そんなはずはない。魂が他人の身体に入り込むなどという常軌を逸した出来事が現実に起きるはずがない。そう思い込もうとする一方で、今話をしている相手が紛れもなく、このみ本人であるという事実を否応《いやおう》なしに突きつけられている。疑惑と葛藤《かっとう》が入り混じり、何が真実なのかすらもわからない。そんな史也の苦悩が、痛いほど伝わってきた。

「……わかった。認めるよ」

ふと、蚊の鳴くような声で史也が言った。

「お前はこのみなんだろ。もう疑ったりしないよ」

「本当？　ようやく信じてくれる気になった？　ていうか時間かかり過ぎだけどね」

このみは人を食ったような表情でにやりと笑って見せる。大人を言い負かして喜ぶ子供のように無邪気なその笑顔は、傍《はた》から見ても十二分に不気味に映った。

「だから教えてくれないか。どうしてその子を殺す必要があるんだ？」

史也が指差した先、傍らで意識を失ったままの茜を再度見下ろし、このみは「ああ」と今思い出したような声を上げた。

「この子はね、琴絵ちゃんの代わりなんだよ。あたしはもうずっとこの身体に入ってるけど、不便で仕方ないんだよね。本当なら琴絵ちゃんを追い出して身体を独り占めしたいのに、なんかうまくいかなくて。だからこの子を殺して中に入ろうと思うの」

「馬鹿な。そんなことができるわけ――」

言いかけて、史也は押し黙る。その反応を見て、このみが満足そうに頷《うなず》いた。

「お兄ちゃん、だいぶわかってきたみたいだね。そう、できるんだよ。十五年前と同じようにやれば、きっとうまくいく。だって、一度はうまくいったんだもん。この子を溺れさせて、空になった身体にあたしが入る。そうすれば、今度こそあたしは誰にも邪魔されない人生を歩むことができるでしょ？」

楽しくて仕方がないとでも言いたげなこのみの声が、夜の闇にこだました。

「そうしたらあたしは、お兄ちゃんと結婚だってできる。そうでしょ？　お兄ちゃん、昔は琴絵ちゃんのことが好きだったけど、今はただの幼なじみとしか思ってないもんね。琴絵ちゃんだって、お兄ちゃんの世話を焼こうとするのは、あたしを殺したことに対する罪の意識があるからだよ」

「やめろ……」

「いや、もしかしたら、お兄ちゃんが警察にバラしたりしないか、見張ってるのかもしれないよ。とんだ偽善者だよね。あははっ！」

調子っぱずれな楽器のように耳障りな、このみの笑い声が虚空に響く。自らの膝《ひざ》をしばし叩きながら、ひとしきり笑い続けたこのみは、徐々に呼吸を落ち着けてその場に屈《かが》みこみ、眠り続ける茜の頬をそっと撫《な》でた。

「でも、この子は違う。引きこもりの変態から守ってくれたお兄ちゃんをヒーローみたいに思ってるし、お兄ちゃんだってこの子のこと、好きなんでしょ？　中身があたしになっても、見た目はそのままなんだから問題ないんじゃない？」

「そんなこと、させられるわけないだろ」

史也が前に足を踏み出した瞬間、それまで全く警戒する素振りすら見せなかったこのみが突然素早く動き、どこからか取り出したナイフを茜の首筋へとあてがった。

「近寄らないで。邪魔するならこの子を殺す。この町には、まだまだ女の子なんてたくさんいるんだよ。あたしは違う身体だって全然かまわない。お兄ちゃんのためを思ってこの子にしただけなんだから」

「このみ……お前……」

史也は戸惑い、言葉を失って立ち尽くす。

「もとはと言えば、お兄ちゃんがいけないのよ。あたしのことほったらかして、ぜんぜん構ってくれないから！」

突然、堰《せき》を切ったようにこのみは叫んだ。二十代後半という琴絵の姿には不相応な、小さい子供がかんしゃくを起こしたような声でまくしたてる。

「だからこの女の身体に入ったのに、それでもお兄ちゃんはあたしの言うことを信じてくれなかった。わかってもらうために、関係ない人を何人も殺したんだよ。そうすればいつか、お兄ちゃんはあたしのことをわかってくれる。本当の姿を理解してくれる。そう思ったからあたしは……！」

それはむき出しの感情の発露。魂の叫びだった。なまじ見た目が大人の女性であるからこそ、言葉の内容と声の調子にアンバランスさが際立ち、このみの人格——あるいは魂を宿した琴絵の姿が、ひときわ歪《いびつ》なものに見えてならなかった。

不安定で感情的。少しの刺激で何をしでかすかわからない。そんな危うさを全身に纏《まと》い、このみは手にしたナイフに視線を落とす。瞬《まばた》き一つの間にも、茜の頸部《けいぶ》が切り裂かれるのではないかという危機感に、加地谷は息をすることすらも忘れていた。

「どうするんすか？　そろそろアクション起こさないとやばくないすかこれ？」

「言われなくてもわかってんだよ、そんなことは……」

わかってはいるが、どうするべきかの判断がつかなかった。どうする、と内心で自問しつつ、草むらから身を乗り出した加地谷は、ホルスターから拳銃《けんじゅう》を引き抜く。

「カジさん……」

何か言いたげに、不安な面持ちを浮かべた浅羽は、しばし躊躇《ためら》った後で加地谷と同じ

ように銃を抜いた。そうして二人が飛び出すタイミングを計っていた矢先、

「う……うん……」

か細い声がして、その場にいた全員の視線が西条茜へと注がれる。

眉《まゆ》を寄せ、白い顔を苦しそうにしかめたあとで、二つの大きな目がすっと開いた。数秒間はぼーっと虚空を見つめていたであろうその瞳《ひとみ》が、周囲の様子を窺った後で、そこにいる人間の姿を捉える。

「おじさん……？」

呼びかけられ、史也は強い戸惑いを見せたものの、少女を不安にさせぬよう無理に笑顔を作った。

何故おじさんがいるのか、そもそもここはどこなのか。家にいたはずの自分はどうしてこんなところにいるんだろう。徐々に覚醒《かくせい》していく意識の中でそれらの疑問に頭を悩ませたであろう茜は、自らの首筋に突きつけられたナイフに気付いた途端、表情を強張《こわば》らせた。至近距離で不吉な笑みを浮かべるこのみを凝視し、得体の知れない不安を抱えた茜が何事か発しようと口を動かした刹那、史也が地面を蹴《け》って飛び出した。

そこからは、まさに一瞬の出来事だった。史也の接近を察知したこのみが素早く振り返ってナイフをかざす。その切っ先はまっすぐに、飛び掛かっていった史也の腹部へと、吸い込まれるように突き刺さった。

「うぅっ……！」

短い悲鳴を上げ、史也の動きが止まる。

「いやあああ！」

叫んだのはこのみだった。予期せぬ出来事にショックを受けたのか、大きく見開いた目には激しい動揺の色が見て取れる。史也が膝を折って横向きに倒れると、このみは怯《おび》えた様子で後ずさる。その拍子に突き刺さっていたナイフが引き抜かれ、噴き出した血液が見る間に史也の服を赤く染めた。

「なんで……邪魔するの……ねえ、なんでよぉ！」

血濡れた刃先を見下ろしながら、このみは声を震わせた。

「馬鹿じゃないの？　そんな子のために命でも懸けるつもり？　赤の他人なのに、どうしてそこまでするの？」

矢継ぎ早の質問に、史也は青い顔をして首を横に振るばかりだった。茜は、少し遅れて状況を理解したらしい。史也の身体からとめどなく流れ出す血を見るなり、目を見開いて「おじさん、おじさん」と何度も繰り返す。

「大丈夫、だから……」

誰が聞いても信じられないような強がりを口にして、史也は無理に微笑んだ。その不器用な笑みが痛みに歪《ゆが》むのを見て、茜は涙を流して史也に縋《すが》りついた。

「なんなのよ……なんなのよぉ！　そのポジションはあたしのはずでしょ？　なのに、何であんたがそこにいるのよぉ！」

二人のやりとりに猛烈な怒りを覚えたらしい。このみは喚《わめ》き散らしながら、再びナイフをかざし、茜を鬼女の如き眼差《まなざ》しで睨《にら》みつけながら飛び掛かろうとする。だが、それより一瞬早く、闇夜を引き裂くような銃声がけたたましく響いた。

「――警察だ。動くな。次は当てるぞ」

威嚇射撃と共に立ち上がった加地谷が、地を這《は》うような声で告げた。

「いいんすかカジさん。いくら刃物持ってるからって、女性に銃を向けるなんて……」

「馬鹿野郎。人殺しは人殺しだろうが。この状況で遠慮なんてしていられるか。それより、お前はさっさと救急車を呼べ」

「は、はい！」

浅羽は素早くスマホを取り出し、素早くコールする。

突然現れた刑事たちに驚きながらも、こっちに来るなという意思表示とばかりに、このみは血濡《ちぬ》れたナイフの切っ先を加地谷へと向けた。

「うそでしょ、警察まで呼んだの？　お兄ちゃん、そこまでしてあたしを……？」

「そいつは呼んじゃあいねえよ。お前の正体に気付いてこの場所を割り出したのは、クソ生意気な犯罪心理分析官だ」

そう言い放ってから、「まあ、ちょっと外れてた部分もあるけどな」と付け足し、加地谷は軽く肩をすくめて浅羽に同意を求める。

「カジさん、それ今関係あります？　刃物持った犯人を前にしてわざわざ言うことっすか？」

通話を終えた浅羽に真っ当な指摘をされ、加地谷はつい舌打ちをする。

「ほっとけ馬鹿野郎。つーかよぉ、あれは本物の青柳このみの魂なのか？」

視線と銃口をこのみに定めたまま、加地谷は言った。視界の端で、浅羽がこっちを向いて怪訝《けげん》そうに首をひねる。

「そ、そんなこと俺に訊《き》かれても分かるわけないでしょ。けどまぁ、そういうことも世の中にはあるんじゃないっすか？　あの二人のやり取りを聞いた限りじゃあ、二重人格であれ魂の憑依《ひょうい》であれ、あそこにいるのは青柳このみに間違いないでしょうし、オカルトの世界じゃあ、イタコの口寄せとかこっくりさんとか、呼び寄せられた霊が人に取《と》り憑《つ》くってこともあるわけですし……」

もにょもにょとはっきりしない口ぶりで、浅羽は言葉を濁した。オカルト好きを自称する割にはどうにも頼りないが、加地谷としては概《おおむ》ね納得のいく答えであった。

「まあいい、逮捕してからじっくり聞くしかねえな。とにかく怪我人が優先だ。とっとと看《み》てこい」

はい、と応じて、浅羽は史也の許《もと》へ向かおうとするが、それを阻止するように刃物を掲げたこのみが立ちはだかる。

「やめて！　来ないで！　近づいたらこの女を殺してやる！」

ぎらつく刃《やいば》の先端を茜へと突きつけ、このみは怒号混じりに叫んだ。邪魔をするなと訴える憤怒《ふんぬ》の瞳が、禍々《まがまが》しい光を放っている。

「やめとけ。これ以上何をしたって、もう逃げ場はねえぞ。それに、余計な時間をかけていたら青柳史也は助からない。それでもいいのか」

うっ、と声を漏らし、このみは史也を見る。

「……いい。どうせ助からないよ、だからあたしもこの身体を捨てて一緒にいってあげる。お兄ちゃんも、その方がいいでしょ？」

薄ら笑いを浮かべるこのみだったが、表情は見るからに引き攣《つ》っている。それは本心から発せられた言葉ではなく、チェックメイトを告げられ、自棄《やけ》になった末の強がりだったのだろう。だが――

「……ああ、それでいいよ」

思いがけぬ回答に、このみは表情を固めた。一切の感情がその顔から消え失《う》せ、愕然《がくぜん》として兄を見下ろす。

「なに、言ってんの？　死んじゃうんだよ？　いいわけないじゃん」

「いいんだよ……」

「よくないって言ってるじゃん！」

声を荒らげ、このみはその場で足を踏みならした。

「その子を守れれば満足って、そういうこと？　自分はどうなってもいいって言いたいの？　そこまでしてその子を助けたい？」

「違うよ。そうじゃない」

「だったら――」

「お前のためなんだよ」

食い下がろうとするこのみを遮り、史也は強い口調で告げた。その一言が、不可視の圧力でもって彼女を押しやったみたいに、このみは一歩後ずさる。

「俺はずっと、お前を一人にしない方法を考えていた。お前のやったことで琴絵を苦しめることはできない。だから、俺が代わりに捕まればいいって思ってた。それで俺が刑務所に入るのは構わない。でもそうしたら、お前とは一緒にいられなくなる。施設にいた時と違って簡単に戻っては来れないし、死刑になる可能性だってあるんだ」

「ダメ！　それはダメ！　お兄ちゃんが死ぬなんて……絶対に……！」

ナイフを持つ手で自分の胸をかきむしるようにしながら、このみは叫んだ。

「死んじゃったら全部終わりでしょ？　一緒にいられなくなっちゃったら、何の意味もないじゃん」

「はは……お前がそれを言うのか。矛盾、してるな……」

力なく笑った史也は、直後に顔を歪め、痛みに呻《うめ》く。呼吸が荒く、視界がかすむのか、しきりに瞬《まばた》きを繰り返していた。

「おじさん！」

声を上げ、不安そうな顔で取りすがる茜を一瞥《いちべつ》し、史也はこのみに視線を戻した。

「なあこのみ、俺たち、一緒にいこう。それが一番なんだよ」

「一緒に……あたしと……？」

史也は弱々しく、しかし確かな動作で頷《うなず》く。

「そうだ。お前はずっとそうしたかったんだろ。最初に会った時から、お前は俺になついてくれてた。けど俺は、お前のせいで周りに変な目で見られるのが嫌だった。周りに不愛想で心を閉ざしたり、意味もなく動物を殺したりするお前が怖くて、いなくなればいいのにって思ったこともあった。でも、あの日、この川に浮いているお前を見て気づいたんだ。いつも俺の後をついてきたお前のことを、本当の家族みたいに思ってる自分にさ。

琴絵と揉《も》み合って転倒したお前は頭を強く打って気を失い、そのまま溺れてしまった。お前を川から引き揚げて、俺は何度も呼びかけた。目を覚ましてくれ。戻って来てくれって。そしたら、目を覚ました琴絵が俺に言ったんだ。『お兄ちゃん』って」

そこまで話した史也は不自然に黙り込み、青い顔を苦痛に歪めた。断続的に襲い来る激痛に玉の汗を浮かべながら、それでも喋《しゃべ》るのをやめようとしない。

今すぐ割って入るべきなのはわかっていたが、魂をすり減らしながらもこのみに語り掛ける史也の覚悟を前にして、横やりを入れるのは躊躇《ためら》われた。救急隊が早く到着することを祈りつつ、加地谷は二人のやり取りに聞き入っていた。

「お前は戻って来た。俺がお前を呼び戻したんだ。琴絵の中に戻ってきたのは予想外だったけど、それでも嬉《うれ》しかったよ。でも同時に恐ろしかった。琴絵としてうちにやってきたお前は父さんと母さんを追い詰めて自殺させ、俺が施設から出てからは無関係な女性を殺した。琴絵の身体の中で眠っている間は無害でも、数年おきに目を覚ましたお前は、そのたびに女性を殺そうとした。二年前は、俺が先回りしてお前の犯行を止められたけど、今年は間に合わなかった。思い知らされたよ。もうこれ以上、お前を止めるのは無理だって……」

史也の呼吸がどんどん荒くなっていく。もはや喋るのもつらいといった様子で、眉間《みけん》に深い皺《しわ》を刻んでいた。

「俺がお前を呼び戻した。お前が『怪物』になったのも、全部俺の責任なんだ。だから、こうするのが正しいんだよ」

史也は天を仰ぎ、胸元を弱々しく上下させて、かすれた呼吸を繰り返す。

「おい、もうやめろ。喋るな」

見ていられずに声をかけるが、史也の耳には届かなかったらしい。彼は虚《うつ》ろな視線を中空へと向け、うわ言のように何事か呟《つぶや》くばかりだった。

「このみ……ごめ……」

喋り終えることが出来ぬまま、史也は力尽きたように息を吐き出し、それっきり呼吸することをやめてしまった。

「おじさん！　いやあ！　しっかりしてぇ！」

史也の身体にしがみついた茜が、彼を強く揺さぶる。けれど史也が反応を示すことはなかった。

「やだぁああ！　おじさん！　おじさぁん！」

茜の泣きわめく声が、悲痛な叫び声が、木々のざわめきに吸い込まれていく。

呆然《ぼうぜん》と立ち尽くし、その様子を見下ろしていたこのみは、やがて手にしたナイフをゆっくりと持ち上げ、一歩前へと踏み出した。

瞬きを忘れ見開かれた眼は、ただじっと茜へと据えられている。

「――やめろ。そこで止まれ」

加地谷は低く響かせた声でこのみを制止する。一歩遅れて、浅羽も意を決したように銃を構えた。

「これ以上は必要ねえだろ。たった今、青柳史也は死んだんだ」

その声が届いているのかいないのか、このみはわずかにこちらを向いただけで、またすぐに茜へと視線を戻し、身体を引きずるようにしてさらに一歩、前に出た。

はっとして振り返った茜は、ナイフを掲げるこのみに気付いたものの、何を思ったのか史也をかばうように両手を広げた。怒りに満ちた眼差しがこのみを強く睨《にら》みつける。

これには、このみ自身も何かを感じたらしく、その目に強くたぎるような感情をみなぎらせた。

「なんか、やばい雰囲気っすよ。どうするんすかカジさん！」

「うるせえ、黙ってろ！」

浅羽の焦りが伝染したみたいに、加地谷の手は無様に震えていた。まっすぐに向けているはずの銃口が、何かに邪魔されているみたいにぴたりと定まらない。もどかしさに舌打ちをして、加地谷は空いている方の手を銃に添えた。

「え、あの……マジで撃つんすか？」

この期に及んで何を言い出すのか。加地谷は無様に引き攣った浅羽の顔を睨みつけた。

「だったらどうすんだよこの状況。西条茜が殺されるのを指くわえて見てろってのか。てめえは一体、何を守るために刑事やってんだ！」

「うぅ……くっそぉぉ！」

半ば自棄《やけ》になって叫びながら、浅羽もまたこのみに照準を合わせた。二人の視線の先、このみはゆらりとした動作でナイフを頭上に掲げる。あれが振り下ろされてしまったら、茜の命はない。

──どうする……どうする……。

内心で自問を繰り返す一方で、加地谷はこの一刻を争う事態にありながら、最後の決断を下せずにいる自分を強く罵《ののし》った。

茜を救うには撃つしかない。だが引き金を引いてしまったら、命を落とすのはこのみではなく久間琴絵なのではないのか。そもそも、琴絵とこのみとの間に、意識の共有はあるのか。その場合、殺人を行ったのは本当にこのみなのか……。

いくつもの疑問が濁流のように押し寄せ、瞬く間に加地谷を押しつぶした。思考が乱れ、冷静な判断が出来ない頭の中に、茜が惨殺されるイメージばかりが広がっていく。そして、そのイメージは加地谷の深層心理に今も深く刻まれた、ある光景を呼び覚ましていった。

暗い廃ビル。窓ガラス越しに差し込む車のライト。灯油の臭い。血まみれで拘束された相棒。そして、閃光と共に炎が——。

あの時、美間坂創を撃てなかった自分を、加地谷は今も許せないでいる。何があってもこの先、折に触れて思い出すであろう一生の傷。魂に科せられた罪の鎖。その重さに、魂が悲鳴を上げていた。

そんな加地谷の心中などお構いなしに、このみは唐突に行動を起こした。暗闇の中で掲げられたナイフの切っ先が、月明かりに照らされギラリと光る。そして、切っ先が——

「この……クソったれがあぁ！」

冷静な思考などかなぐり捨てて、加地谷は吠《ほ》えた。トリガーにかかった指先に意識を集中させ引き絞る。まさにその瞬間だった。

「待った！　カジさんストップ！　ストップっす！」

浅羽が慌てて叫んだ。その声に反応し、加地谷はすんでのところで人差し指をトリガーから外し、銃口を逸《そ》らして詰めていた息を吐きだした。

振り下ろそうとした手を半ばで停止させたこのみは、そのままの体勢で地面に膝《ひざ》をつき、がっくりとうなだれた。手放したナイフがぼとりと地面に落ちる。彼女もまた、すんでのところで思いとどまったというのか。

このみの眼差しは史也に向けられており、物言わぬ骸《むくろ》と化した兄の姿に、強い動揺の色を浮かべ、しゃくり上げるように小刻みな呼吸を繰り返していた。

「……浅羽、確保だ」

すぐに駆け出した浅羽によって手錠をかけられ、立ち上がったこのみは、しかし兄の側から離れることを拒み、じたばたと子供が駄々をこねるみたいに抵抗した。

「やだ……やだ！　お兄ちゃん！　ホントに死んじゃうの？　ねえったら！」

溢《あふ》れ出す感情のままに、このみは喚《わめ》いた。だが、どれだけ呼び掛けても史也は答えない。加地谷が脈を診るまでもなく、生気を失った瞳は虚空を見据えていた。

「いや……死なないで……置いて行かないで……」

このみは嘆き、懇願するように呻《うめ》く。それから突然ふっと、電源を落としたみたいに意識を失ってしまった。脱力し、再び地面に頽《くずお》れる身体を慌てて支えた浅羽が、どうなっているのかと目を白黒させていた。

——このみ。

ふと、背後で囁《ささや》くような声を聞き、加地谷は弾《はじ》かれたように振り返る。だが、後方では深い闇がその大きな口を開いているだけであった。

気のせいか、あるいは……。

――このみ。

そこまで考えた時、もう一度声がした。紛れもなく、史也のものだった。

ハッとして見下ろすが、史也はさっきと変わらぬ様子で横たわったままだった。息を吹き返したような気配はない。

「どうなってんだ……」

加地谷が呻くように言ったその時、俯《うつむ》いていた茜が急に顔を上げた。

「おじさん？」

その視線の先を追って振り返った瞬間、加地谷は凍り付いた。今、そこに倒れているはずの史也がすぐ背後に立っている。まるでそこにいるのが当たり前のように、史也は自身の亡骸《なきがら》を見下ろしていた。

「どう、なってんだ……」

思わず呟いた声に、茜が反応してこちらを向いた。泣きはらして真っ赤になった彼女の目が、あなたも見えるのと訴えかけてくる。

「え、あ、ええ？　ちょ……」

時を同じくして、浅羽が素《す》っ頓狂《とんきょう》な声を上げる。見ると、琴絵の身体を支えている浅羽の目の前に、膝を抱えて座り込む幼い少女の姿があった。白いブラウス。赤いスカート。そして赤い靴。十五年前の、青柳このみが身に着けていた服装だった。それを見た瞬間に、加地谷は目の前で起きているこの光景の意味を理解した。史也が――いや、史也の魂がゆっくりと移動し、地べたに座り込むこのみの前で立ち止まる。

――このみ。おいで。

どこか幽玄に、今にも消え去ってしまいそうなほど弱々しい声が響いた。史也の声に反応し、顔を上げたこのみは、軽く身をかがめて手を差し伸べる史也を見上げ、途端に花が咲いたような笑みを浮かべた。

――お兄ちゃん!

その手を握り、立ち上がったこのみは、史也に抱きついた。互いの手を強く握り、笑顔を向け合う二人は、そのまま夜の闇に溶け込むようにして音もなく消えていった。

「カジさん、今のって……」

浅羽が呆《ほう》けたような声で言った。加地谷は曖昧《あいまい》にうなずき、それから傍らの茜と視線を交わす。何が起きたのか、そんなものを説明するのは不可能だった。しかし、この場に居合わせた三人のうち、誰一人として、目の当たりにした光景を否定しようとはしなかった。

第六章

1

佑真くんへ

前回書いた手紙と一緒に、今回書いた手紙を送ります。

佑真くんが慌てちゃ困るから先に結果を言うと、私は無事です。どこも痛くないし怪我もしてないから、安心してね。って言っても、さんざん心配かけた後だから、説得力がないかもしれないけど。

ただ、身体は何ともないけど、心は穴が開いてしまったみたいにさみしい気持ちでいっぱいです。もうおじさんには会えない。そのことが、私はとても悲しい。

あの夜、おじさんがいなくなった後、家にやってきて私を連れ出したのは琴絵さんだった。タクシーに乗せられて、渡されたペットボトルのお茶を飲んだところまでは覚えているんだけど、次に気がついた時には河川敷にいたの。後になって分かったことだけど、その時にはすでに、琴絵さんは琴絵さんじゃなくなっていたんだって。琴絵さんの身体を使って私を殺そうとしたのは、おじさんの妹の青柳このみっていう女の子だったんだ。十五年前に事故で亡くなって以来、ずっと琴絵さんの中にいたらしいの。

彼女はおじさん――青柳史也という人に振り向いてほしくて、存在を認めてほしくて、人殺しの後始末を手伝わせていたんだって。

普通はこんな話、信じられないと思う。でも私は、おじさんの魂がこのみちゃんの手を引いて去っていくところを見ちゃったから、自然と受け入れることができた。

結局、おじさんは助からなかった。このみちゃんもあれっきり琴絵さんの中からいなくなっちゃったみたい。警察としては、琴絵さんに事情を聞くことになるんだけど、何も話そうとしないんだって。

十年前と六年前に一人ずつ、そして今回の事件で一人、合わせて三人の女性を殺したのはこのみちゃんだったんだけど、身体は琴絵さんなわけだから、その罪の重さに耐えかねて、心が壊れちゃったんじゃないかって、熊みたいな刑事さんが言ってた。「その方が幸せかもしれねえな」って言ったその刑事さんは、すごくつらそうな顔をしてたよ。

おじさんがいなくなってすごくさみしい。これからもっと仲良くなって、いろんな本のお話を聞かせてもらえると思ってたのに。

でも、おじさんはきっと、これでよかったって思ってるんじゃないかな。

おじさんは最後の最後にずっと恐れていた『怪物』と分かり合えたんだって、私はそう思ってる。『フランケンシュタイン』のヴィクターは、最後まで怪物を憎んだまま死んでいった。その死を見届けた怪物は、ヴィクターとのことを思いながら自分の命が尽きる時を待つんだと思う。でも、おじさんとこのみちゃんは違う。

ヴィクターは怒りに任せて怪物を追った。おじさんは愛情をもってこのみちゃんと一緒にいることを選んだ。そうすることで彼女を救った。だからきっと今頃は、二人で楽しく過ごしているんじゃないかな。

そう思ったら、悲しんでばかりもいられない気がしてきたよ。それに、もう一つ気づいたの。おじさんは私のお兄ちゃんじゃない。私には、佑真くんっていうお兄ちゃんがいる。これから先もずっとそばにいてくれる。だから、さみしくなんかないんだってね。

えへへ。


そうそう、言い忘れていたけど、私は今、市内の病院に入院しています。さっきも言った通り身体は元気なんだよ。でも検査とか、なんとかっていう心のテストとかをしなきゃいけないんだって。それが済んだら退院できるからって、お医者さんは言ってた。

それからね、浅羽さんっていう面白い刑事さんが教えてくれたんだけど、警察が直昭さんのお部屋を調べたら、パソコンの中にたくさんの盗撮動画があるのを見つけたんだって。私と同じ年くらいの女の子の写真や動画がたくさん入ってて、私が寝ているところやお風呂《ふろ》に入っているところも撮影されていたみたい。それをインターネットで売ってお金を稼いでいたんだって。それを聞いて、とても悲しい気持ちになりました。

直昭さんは一命をとりとめたけれど、警察に逮捕されました。叔父《おじ》さんと叔母《おば》さんは私に何度も謝ってくれたけど、私はどうしたらいいのかわからなかった。直昭さんに襲われたことは、今思い出しても怖い。手錠をされた感覚がずっと手首に残ってる。もし、おじさんが助けに来てくれなかったらどうなっていたのかなって考えると、今でも身体が震えちゃうんだ。

この先どうなるのかわからないけど、叔父さんと叔母さんは、私さえよければ家に戻ってきてほしいんだって。直昭さんのことで色々と大変だけど、私の面倒はきっちり見るって言ってくれてるの。今までたくさんお世話になったし、二人には感謝もしてる。だから、これからは私が二人を助けてあげなきゃって思うんだ。

それに、私にはお兄ちゃんがいる。離れていても、こうしていつでもお手紙でやり取りができる。そのうち携帯電話を持たせてもらえるようになったら、電話とかメッセージの交換とかしようね。

茜より

2

茜へ

無事で本当によかった。

事件のニュースはこっちでもやってる。青柳史也という人が殺人犯だって報じられているよ。そんな人と茜が仲良くしていたなんて聞いたら、母さんは卒倒しちゃうだろうな。なんて、冗談だけど。

俺は茜の言うことを信じるよ。その人は犯人じゃなかった。本物の殺人犯から茜を守ってくれた人だから、きっといい人だったんだと思う。一度くらい会ってみたかったけど、それができないのが残念だよ。

前の手紙で『フランケンシュタイン』の感想を聞かせてくれたね。確かに茜の言う通り、その人と妹はヴィクターと怪物にそっくりの関係だったんだと思う。茜は彼らが仲良く過ごせればいいのにと言っていたけど、この本を読んだ時、俺は別の感想を抱いたんだ。それは、怪物に対して情けなんて必要ないってこと。

俺だったら、自分が生み出してしまったものが怪物だとわかった瞬間に、ためらうことなく殺す。物語の中で、ヴィクターは義妹であり愛する人でもある女性を殺されてしまうけど、俺はどんな怪物が相手でも絶対にそんなことはさせない。茜のことを、絶対に守ってみせる。そんな風に思わせてくれるから、俺はあの本が好きだった。

だから今回だって、俺は自分が正しいと思うことをしたんだ。

手紙でのやり取りしかできなくなっちゃったけど、俺はいつでも茜を見守ってる。
この先もずっと、茜は俺の大切な妹だから。

佑真

エピローグ

荏原警察署地下一階、刑事課強行犯係特別事案対策班――通称『別班』にあてがわれたオフィスで、加地谷と浅羽は机を挟み、難しい顔をして向き合っていた。

「ねえカジさん。どうして俺たち始末書なんて書かなきゃならないんすか？」

これ以上ないほど不満そうな声を上げ、浅羽は重々しくため息をついた。

「茜ちゃんを救い出して事件解決したのって、俺たちっすよね？　まあ、伶佳ちゃんや伽耶乃ちゃんの指揮の下ってことになってますけど、最後にびしっと決めたのは俺じゃないっすか」

「なんで単数形なんだ馬鹿野郎。せめて俺の名前を先に出せよ」

加地谷が異を唱えると、浅羽は『つまらないことでカッカする上司をなだめすかす部下』のお手本みたいな顔をして、「まあまあ」とお決まりの口調を向けてきた。

その舐《な》めくさった態度が癪《しゃく》に障ったので、適当につかんだボールペンをぶん投げてやると、それが見事に額にヒットし、「あたっ」と声を上げた浅羽が恨めしそうな視線を向けてきた。

「痛いなぁ。そうやってイライラしてるってことは、カジさんだって今回の幕引きに納得いってないんでしょ」

「……たりめーだ。誰が納得なんてできるかよ」

ボヤくように吐き捨て、ほとんど空欄の始末書に視線を落とす。安っぽいボールペンのキャップを外し、ペン先で書類をトントンやりながら、加地谷は脳内でエンゼルケア殺人事件の顚末《てんまつ》を振り返った。

あの後、伶佳からの連絡を受けて現場に駆け付けた捜査員らに、加地谷と浅羽が事情を説明したのだが、事の真相を理解してもらうことはできなかった。お得意の妄想癖が出たなどと揶揄《やゆ》され、嘲笑《ちょうしょう》され、相手にされなかったのだ。


第一容疑者であった青柳史也は命を落とし、現行犯逮捕された久間琴絵は魂が抜け落ちたように放心状態で、時折意味の分からないことを口にしたかと思えばまた黙り込むという症状を繰り返していた。とても会話が成立する様子ではなく、現在は警察病院に入院し、精神鑑定を含む検査を受けているらしい。

殺人を犯したのは、琴絵の中に宿った青柳このみの魂であるという主張はものの見事にはねのけられ、一笑に付された。死んだこのみの魂が憑依《ひょうい》したなどという荒唐無稽《こうとうむけい》な話を調書に書くわけにもいかないため、当初の伽耶乃のプロファイリングを元に、青柳史也が事件の犯人であるという説が採用された。茜が誘拐される直前に、西条直昭を襲い重傷を負わせたことも、彼の人間性が極めて暴力的だという判断に結びついてしまったらしい。結局、被疑者死亡のまま検察に送致されることで事件は終息した。

加地谷がこれに不服なのは当然かもしれないが、上層部に対し最も異を唱えたのは、意外にも伽耶乃だった。彼女は自分のプロファイリングが真相を解き明かせていなかったことを認め、そのことを上に進言したのだが、そんな彼女の声すらも黙殺されてしまった。

ちなみに、市議の娘が誘拐された事件も無事に解決され、娘の友人数名が犯人グループとして逮捕された。その際、リーダー格の男性の父親が所有する別荘から娘が発見されたのだが、なんと発見時、娘は犯人グループと共に大麻や違法ドラッグを使用したパーティーに興じており、誘拐事件は狂言であったことが明らかになったのだ。これには警察以下、マスコミや市民までもが驚きを禁じ得なかった。

娘曰《いわ》く、仕事と偽り愛人の家に入り浸ってばかりの父親に怒りを覚え、友達と悪ふざけで金をふんだくってやろうと思った。遊ぶ金やドラッグを購入するためのお金が必要だったとのことで、娘や犯人グループは当然のこと、市議にも多くの非難の声が寄せられた。また数日後には、市議宅に空き巣に入った男が警察に出頭し、鉢合わせした秘書と揉《も》み合いになって突き飛ばしたところ、階段から転落して死亡してしまったと供述した。つまり秘書の死は狂言誘拐とは無関係であり、このことでも見当違いな捜査を行っていた捜査本部には、方々から非難が殺到《ばんかい》したという。

そして御多分にもれず、その失態を挽回するために青柳史也の事件は利用された。事件の解決は捜査本部の手柄とされ、『別班』の手柄は闇に葬られてしまった。それどころか二人は、グレゴール・キラー事件の時と同様に、一般人を危険に晒したうえに被疑者を死亡させたとして叱責《しっせき》され、挙句に始末書の提出まで命じられたのだから、普段は何が起きてもへらへらしている浅羽ですらも、怒りをあらわにしていた。

——クソ、思い出すと余計にイラつくぜ。

頭の中で刑事課長のタヌキ面に唾《つば》を吐きかけながら、加地谷が顔を上げると、浅羽は気が進まない作業に飽き飽きした様子で始末書を放り出し、スマホを片手にニヤついている。

「おい、納得いかねえ割にはずいぶんと嬉《うれ》しそうじゃねえか」

「あ、わかります？　交通課のエミちゃんっすよ。前々からメシ誘われてたんすけど、事件のせいで時間なくて。今日あたりどうかなと思って」

意気揚々と言って、浅羽は軽くウインクして見せる。

「ふん、相変わらずというか何というか、てめえは切り替えが早《はえ》えなぁ」

「何言ってんすかカジさん。何事も切り替えの早さは重要っすよ。根詰めてばかりじゃ心も体も疲れちゃうでしょ。要はメリハリっすよ。メ・リ・ハ・リ」

なんだか聞き覚えのある口調で言いながら、浅羽はキザに笑った。慣れというのは怖いもので、この男のこういうところに最近では少しばかり感心できるようになってきた。

確かに、こちらが納得しようがしまいが、上が決めれば捜査は終了する。どれだけ抗《あらが》おうとしても、組織にいる以上は命令は絶対なのだ。終わった事件をほじくり返したところで何の意味もない。喜ぶ人間もいないだろう。

「おっしゃ、予約完了。今夜はエミちゃんと、ちょい高級なフレンチレストランで食事っす。カジさんも、たまには家族を連れて食事でも行かなきゃダメっすよ」

「なにが『ちょい高級』だ。俺ぁ外食するなら吉野家《よしのや》って決めてんだよ」

「え、マジすか？　それで家族から不満は出ないんですか？」

浅羽がわざとらしく顔をしかめた。

「不満なんて出るかよ。うまい、早い、安い。おまけに飽きが来ねえ。最高じゃねえか」

返す言葉もなくかぶりを振った浅羽に対し、手近にあったホチキスを摑《つか》んで投げつけようとしたところで、こんこんこん、と控えめなノックの音がした。見ると、廊下の明かりに照らされ、ドアの磨《す》りガラスに人影が映り込んでいる。こちらがどうぞ、と応じる間もなくドアは開かれた。

「あ、伶佳ちゃん！　それに伽耶乃ちゃんも！」

戸口に二人の姿を見た瞬間、浅羽はパッと表情を明るくさせ、飛び跳ねるような勢いで席を立った。余りの勢いに気圧《けお》されてか、伶佳は警戒をあらわにして一歩身を引く。

「本部に戻るので、最後にご挨拶《あいさつ》をと思って寄らせてもらいました」

「おう、今回も世話になったな」

ひょいと手を上げて、軽い調子で告げた加地谷に、伶佳は「こちらこそお世話になりました」と丁寧に頭を下げた。

　その隣で、無遠慮に室内を見回す伽耶乃に視線を移し、加地谷はわざと聞こえるように舌打ちをした。

「おい小娘、何をジロジロ見てんだよ。別に珍しいもんなんかねえぞ」

「そんなことないよ。都落ちした哀れな落ち武者が二人もいるじゃない」

「てめえ……」

　こめかみに青筋を立てて立ち上がった加地谷をよそに、伽耶乃は勝手知ったる他人の家とばかりに歩き回る。

「ふぅーん、意外と悪くないじゃん。余計な雑音も入ってこないし、嫌われ者の刑事たちにはぴったりのねぐらだと思うけど」

「はん、嫌味のつもりか？　負け犬の遠吠《とおぼ》えにしちゃあ、パンチが足りねえなぁ」

「ちょっとちょっとカジさん。いちいち喧嘩腰《けんかごし》になるのはやめましょうよ」

　浅羽が慌てて仲裁に入った。入口の辺りで額に手をやった伶佳は、もはやかける言葉も見当たらないといった様子だ。

「先に仕掛けて来てんのはコイツだろうがよ。つーか浅羽、てめえはなんでいつもいつもコイツの肩ばかり持って俺を悪党にしたがるんだ？」

「それは当たり前じゃないすか。カジさんみたいな悪人面した頑固オヤジよりも、伽耶乃ちゃんみたいにフレッシュな女の子の味方をしたくなるのは、男の性《さが》ってもんすよ」

「誰が悪人面だ馬鹿野郎。てめえ、今すぐ俺の両親に謝れ」

首根っこをひっつかんでヘッドロックを決めてやると、浅羽はひぃひぃ言いながら、ごめんなさいを連発する。二人にとっては日常的ともいえるやり取りを、珍しいものでも見るような顔で見つめていた伽耶乃が、おもむろに表情を緩め、狭い室内に笑い声を響かせた。

「あーあ、こんなデコボコ刑事たちに負けるなんて、なぁんか悔しいなぁ」

「あ？　何言ってんだお前？」

浅羽から手を離し、ずいと前に出た加地谷をじっと見上げて、伽耶乃はにんまりと口角を持ち上げた。

「今回は、ボクの負けを認めてあげるって言ってるんだよ。殺人犯は青柳このみの魂が宿った久間琴絵だった。ボクのプロファイリングじゃあ、そこまで導き出すことはできなかった。でもあんたは、最初から史也が犯人じゃない、裏に何かがあるって気づいてた。もっとあんたの意見を真剣に聞き入れておくべきだったよ」

思わず毒気を抜かれ、加地谷は「ほう」と呟《つぶや》いた。えらそうな態度には引っかからないでもないが、概《おおむ》ね、素直に事実を認めようとする姿勢には好感が持てる。素直になれば、思ったほど悪い奴でもなさそうだと内心で呟き、加地谷はがりがりと頭をかいた。

「まあ、なんだ。お前がいなかったら、青柳史也の抱えていた問題にもたどり着けなかったかもしれねえし、西条茜を救出できなかったかもしれねえ。あながち捨てたもんじゃあねえな。プロファイリングってのはよ」

ふふん、と鼻の下を指でこすり、伽耶乃は得意になって笑う。

「言ったでしょ。警視庁にいた頃は一度も外したことがなかったって。でも、警視庁の連中はどいつもこいつもボクが女だってだけで見下してくる嫌な奴ばかりだった。特に融通の利かない昭和気質《かたぎ》の刑事たちはマジで最っ悪！」

憎々しげな口調で呪詛《じゅそ》めいた言葉を吐き出した後で、伽耶乃は再び気の抜けたような笑みを浮かべる。

「そいつらに睨《にら》まれちゃってさぁ。道警に行けなんて言われたときは心底うんざりしたけど、おかげでレイちゃんと会えたし、あんたらみたいな刑事がいるってわかった。昭和気質の刑事も、場合によっちゃあ悪くないもんだね」

「ほう、随分と殊勝な発言をするじゃあねえか」

最初からそういう態度なら、もう少し優しくしてやったのにと、加地谷はまんざらでもない気持ちで笑みを浮かべる。

「そうだ。よかったらカジーも道警本部に来なよ。あんたみたいなタイプ、以外と使い勝手よさそうだし」

「誰がカジーだこのクソガキ。それに俺ぁ泥臭《くせ》え現場に満足してんだ。本部なんざ死んでも行かねえぞ」

盛大に鼻を鳴らし、加地谷は腕組みをする。対する伽耶乃も、スタジャンのポケットに両手を突っ込んだまま、ツンと胸を突き出し、それから同時に噴き出した。『別班』のオフィスに漂っていた束の間の沈黙は、二人の笑い声であっけなく取り払われていく。

「なんかよくわかんないけど、二人が仲良くなってよかったっす」

「あぁ？　何言ってんだてめぇ浅羽。仲良くだとぉ？　いい加減なこと言ってんじゃあねえぞ」

　吐き捨てるように言って、加地谷は椅子に座り直す。照れ隠しにそっぽを向いた彼を微笑ましそうに見ながら、伶佳と浅羽が同時に笑った。

「そうだ。こんなこと言うと不謹慎かもしれないけど、また事件があったら二人で応援に来てよ。俺、待ってるからさ」

「本当に不謹慎ですね。そういう時は、事件が起きなくても遊びに来て、と言うべきでは？」

　伶佳の鋭い指摘に、しかし浅羽は表情を輝かせ、

「え、遊びに来てくれるの？　うわぁ嬉しいなぁ。二人でどこに出かけようか。あ、ちょい高級なフレンチなんてどう？　俺、いい店知ってるんだよね」

「交通課のエミちゃんと行くんじゃねえのかよ」

　横やりを入れると、浅羽は凄《すさ》まじい形相で加地谷を睨み、ぶんぶん手を振り「あっちにいけ」のジェスチャーを繰り返した。

「駄目だよ。そんなのボクが許さない。レイちゃんが来るならボクも同伴だよ。ギラギ

ラして股間《こかん》を膨らませたアホ刑事なんかと二人きりになんてさせられないからね」

すかさず待ったをかけた伽耶乃だったが、浅羽はそんなものに屈する様子を見せず、むしろ余計に表情を輝かせ、

「だったら三人で行くってことでオッケー？　よっしゃあ！」

諸手《もろて》を挙げて小躍りすら始めた浅羽を前に、伽耶乃と伶佳は、もはやお手上げといった様子で顔を見合わせ、それから苦笑した。

「それじゃあ、私たちはこれで」

ハイテンションな浅羽を捨て置き、伶佳はいつもの調子で告げると、軽く会釈をして入口のドアに手を伸ばす。その後に続いて歩き出そうとした伽耶乃は、ふいに立ち止まり、くるりと反転して加地谷の耳元に口を近づけた。

「――気を付けた方がいいよ」

「あぁ？」

意味が分からず問い返す。すると伽耶乃は、ひどく神妙な顔で至近距離から加地谷を見据えた後、さっきよりもさらに声を落として囁《ささや》いた。

「あんたは魅入られてる。猟奇的で誰もが目を背けるような事件を本能で求めてる。あんたがイカレた犯人の思考を理解できる理由はそこにあるんだよ。だからこそ、あんたは危うい」

「お前、何言って……」

反論しようとした加地谷を遮るように、伽耶乃は更に言葉を重ねる。

「もし一歩でもあっち側に足を踏み入れたら二度と元には戻れない。だから気を付けてね。あんたは人として怪物と戦うんだ」

そう言い残し、伽耶乃は加地谷から離れて身をひるがえした。

「え、何すかカジさん。伽耶乃ちゃんに何言われたんすか？」

浅羽は興味津々に問いかけてきたが、答える余裕は持てなかった。『別班』のオフィスを去っていく二人を見送りながら、加地谷はただ呆然《ぼうぜん》として、伽耶乃の言葉を脳内に反芻《はんすう》していた。

――人として怪物と戦う。

最後に告げられたその一言が、いつまでも耳から離れなかった。

二人が去っていった後、室内には寒気がするほどの静寂が漂っていた。

「なんか、余計に寂しく感じますね。この部屋」

「馬鹿たれ。そんなことあるかよ」

加地谷は鼻を鳴らし、再び始末書に取り掛かる。しばらくはお互いに無言で、カリカリとペンを走らせる音だけが空虚に響いていた。やがて、半分ほどを埋め終わったあたりで、浅羽の手が止まっていることに気付き、加地谷は顔を上げる。浅羽は何事か思いつめたように考えを巡らせているようだった。

「おい、何を悩んでる？　エミちゃんにドタキャンでもされたか」

「違いますよ。ちょっと、その……」

もごもごと言いづらそうにしながらも、浅羽は黙っているのが耐え切れないとばかりに抱え込んだ疑問を吐露した。

「カジさん、俺、未《いま》だに分からないんすけど、やっぱあれって、本当に妹の魂が久間琴絵の身体に入ってたんすかね？」

青柳このみが口にしたことの真偽が、今も棘《とげ》のように突き刺さって抜けずにいるのだろう。そのことに関しては、加地谷も確信が持てない部分はあった。そもそも、魂の存在を信じるほど信仰心があるわけでも、オカルト好きなわけでもない。だが、最後の瞬間目にした、史也と幼いこのみの姿。加地谷だけではなく、浅羽も茜も同じように目にしたあれが、単なる夢や集団幻覚の類《たぐい》であるとは思えなかった。

「……さあな。久間琴絵は事件について何も話さないらしいから、あれが精神的なものかどうかを診断することも難しいだろうな」

言い終えてから、加地谷は自分自身の曖昧《あいまい》な物言いに苦笑した。

「そうなんすよ。一応、表向きは茜を誘拐した史也を説得するために現場に居合わせて、その後、ショックからふさぎ込んでしまったってことになってるんですけどね。気になったんで、さっき病院に電話してみたんすけど、相変わらず事件のことは何も喋《しゃべ》ろうとしないみたいで。この状態が続く可能性は高いそうです」

でも、と言葉を挟み、浅羽は珍しく険しい表情を作った。

「もしこれが、久間琴絵の演技だったらどうですかね。このみの魂が中に入っていたっていうのも罪を免れるための言い訳で、本当は彼女は『妹の死に囚《とら》われた史也の目を覚まさせるために芝居を打っていた』のだとしたら……」

その先を加地谷にゆだねるようにして、浅羽は言葉をさまよわせた。加地谷は小さくうなずき、ペンを持つ手を止めて椅子にもたれかかる。

加地谷自身、その可能性を考慮しなかったわけではない。むしろ、現実的な見方をするなら、そう考えるのがセオリーだ。だが、その動機がいま浅羽が口にしたようなものであるとはどうしても思えなかった。妹の死を体験し、苦しんでいる人間に対して、同じような殺人を見せつけ後始末を手伝わせるなんて、ショック療法にしても度が過ぎている。そうすることで史也を助けられると思い至るには、相応の説得力が必要だろう。根拠のない動機では、史也はおろか、琴絵は自分を騙《だま》すことすらできないはずだ。

「たぶんだけどなぁ、真実は、俺たちが見たまんまなんじゃあねえか」

「見たまんま？」

オウム返しにした浅羽に、加地谷は軽い動作で頷いた。

「怪物は、史也が連れて行ったってことさ。それが一番納得できる結末ってやつだ」

「へえ、カジさんもそういう考え方するようになったんすね。俺の影響で」

「ふざけんな。誰がてめえの影響なんか受けるかよ」

鋭くツッコミを入れると、浅羽は何故か嬉《うれ》しそうに笑い出す。抱え込んでいた疑問に一応の結論が出たことで、少しばかり気分が軽くなったらしい。

「そうそう、言い忘れてましたけど俺、今日定時前に出ますから」

「あぁ？　てめえどんだけ浮かれてんだよ。エミちゃんとのデートだったら、しっかり働いてから行けよ」

すかさず却下すると、浅羽は気取った仕草で人差し指を左右に振った。

「違いますよ。一度、茜ちゃんの所に様子を見に行っておきたいんすよ。もう西条家に戻っていて、今後は通院しながら心身のケアと経過観察って感じなんすけど、事件のことでつらい思いをしているかもしれないでしょ。放っておけなくて」

「せいぜい、お前が捕まるようなことにはなるなよ」

皮肉を込めて言ってやったのだが、浅羽はまじめな表情を崩さない。

「なんだよ。まだ何かあるのか？」

「それが……こないだ茜ちゃんの担当の先生から妙な話を聞いたんすよ。彼女には、わずかながら解離性同一性障害の兆候があるって」

浅羽は上着のポケットから数枚のコピー用紙を取り出した。現場写真をプリントアウトしたものらしい。

「これ、見てください」

広げられたものを見ると、茜の机の上にあった便せんと封筒を撮影したものだった。

色とりどりの風船が浮かぶかわいらしい便せんに、見覚えのある文字が並んでいる。そしてもう一つ、罫線《けいせん》が引かれただけの簡素な便せんには、どことなく無骨な男らしい文字が書き込まれていた。

「これは西条茜の手紙だろ。確か兄貴に宛てたってやつだ。こっちは兄貴からの返信か？」

「いえ、これは両方とも、茜ちゃんが書いたものなんです」

ひゅっと吸い込んだ息が、喉《のど》の奥で停滞し、加地谷は息苦しさにむせた。

──両方とも、茜が？

心中に繰り返しながら視線で問い返すと、浅羽は神妙な顔をして、

「あの子のお兄ちゃん──西条佑真は、一年半前の交通事故で、両親と共に亡くなってるんすよ。家族でスキー旅行に出かけて、峠道でスリップして対向車と正面衝突。茜ちゃんだけが奇跡的に一命をとりとめたそうです」

ぞわり、と二の腕が粟立《あわだ》つ感触がして加地谷は身震いした。

「じゃあ何か、茜は死んだ兄貴に向けて手紙を書いてたのか？」

それ自体は不思議なことはない。死んだ人間に向けて手紙を書くことは、少しばかり感傷に浸っている人間なら、十分にあり得る話だ。

「だから、それだけじゃなくて、兄から妹への手紙も自分で書いていたんです。その証拠にほら、封筒には切手が貼ってあるけど消印がない。手紙を書いて送ったつもりにな

って、今度はその返事を自分で書くってことを繰り返していたんすよ。手紙の内容と現実との間で、なんとなく時間の進み具合にズレがある気がしたのも、それが原因だったんです」

何か言おうとしたが、何も出てこなかった。空の言葉と一緒に生唾《なまつば》を飲み下し、加地谷は続く浅羽の言葉を待つ。

「茜ちゃんの叔父《おじ》さんと叔母《おば》さんに確認したところ、彼女は家族の死を無かったことのように認識していて、本当のことを言っても耳を貸そうとしなかったみたいなんです。何度も兄に向けて手紙を書いたといって切手が欲しいと言うので、断ったりもしていたそうなんすけど、そのうち気味が悪くなってきて、否定することもできなかったと話していました。おまけに兄からの手紙の方には、直昭に対する怒りの言葉が……」

茜の中で人格が二つに分裂し、兄妹《きょうだい》のやり取りを行っていた。浅羽が示すその可能性を、加地谷は否定する気になれなかった。むしろ、心のどこかでしっくりくるような感覚すらあった。

浅羽の推測は更に続く。

「もし、もしですよ。茜ちゃんの中に、いわゆるもう一つの人格——死んだ佑真の人格が生じていたとしたら、直昭に暴行を加えたのが史也だという考えは否定される気がしませんか？」

「史也が西条家にやってきた時、すでに直昭は意識を失って倒れていたってことか？

身の危険を感じた茜が佑真の人格を呼び出し、直昭を殴りつけたと、そう言いてえんだな？」

「そういうことも、あるんじゃないかと思って……」

馬鹿な、と内心で一笑に付そうとした加地谷は、しかしふと考えた。

おもちゃの手錠は鎖の部分がひしゃげるほど、力任せにねじ切られていた。手紙の内容を思い返してみると、茜は直昭に手錠をはめられた段階で意識を失っている。もし、その直後に佑真の人格が目を覚ましたのだとしたら、浅羽の仮説はまんざらありえない話ではない。鎖を壊し、直昭を殴りつけて重傷を負わせ、鍵《かぎ》を奪って手錠を外すことは十分に可能だろう。

加地谷は再び生唾を飲み下し、デスクの上を見回す。そして書類の束の下敷きにされていた古書『フランケンシュタイン』を引っ張り出した。

青柳史也と西条茜を繋《つな》いだ物語。彼らはそれぞれ、この物語の主人公に自分を重ねていた。史也の場合、それは自身の呪われた半生を象徴する物語として、主人公に自分を重ねていた。一方の茜はというと、単に兄が好きだったからという理由で物語を楽しんでいたのだとばかり思っていたが、彼女もまた、自らをヴィクター・フランケンシュタインと重ね合わせていたのかもしれない。

自身の中に死んだ兄という名の怪物が宿っていることを、心の奥底で理解していたからこそ、『同じ苦しみを抱く』史也にシンパシーを感じていたのだとしたら。

史也の身に起きた悲劇が、今まさに茜の身に起きているのだとしたら……。

「まさか……な」

加地谷は呻《うめ》くように言って、深く息をついた。

すべては憶測である。茜本人が口にしない限り、確かめることすらできない可能性の話だ。

「はは、そうっすよね。まさかあの茜ちゃんがね。考えすぎですよね。はは……」

気づけば両手をデスクに突いて身を乗り出していた浅羽が、力なく笑いながら乱雑な加地谷のデスクに目を留める。そして、そこに置かれたあるものを見つけ、あっと声を上げた。

「それって青柳史也の家にあった本じゃないっすか？　持ってきちゃったんすか？」

デスクの上の『フランケンシュタイン』を指差して、浅羽は列に割り込んだ不届き者をたしなめるような口調で言う。

「ちょっと借りただけだ。証拠品係には許可をもらってる」

「またまた、どうせ強引に持ち出してきたんでしょ？　なくさないうちに保管室に戻しに行きましょうよ。これ以上、課長に怒られるのはごめんっすよ」

「わーってるよ。後で行くって」

鬱陶《うっとう》しいハエを追い払うように加地谷は手で払う。だが、浅羽は引き下がらない。

「そう言っていつも後回しにするじゃないっすか。そんで係の人に怒られるのが嫌だからって、俺に行かせるんでしょ。そういうの、ホント勘弁してくださいよ」

ぶちぶちと文句を垂れる浅羽から古書を守るように手に取った加地谷は、何気なくページをめくる。そして最後のページを開いたところで、ふと眉《まゆ》をひそめた。

「ねえカジさん、聞いてます？　どうかしました？」

呼びかけてくる浅羽の声は、ほとんど耳に届いていなかった。今この瞬間に自身の目が捉《とら》えているものを、信じられないような心地で凝視しながら、加地谷は半ば無意識に、呻くように息を吐きだした。

「何なんだこりゃあ……」

加地谷の手中にある『フランケンシュタイン』。その見返しの下部には、青いインクで捺《お》された印章があった。六角形で縁取りされた横長の図形。一見すると幾何学的な模様にも見えるロゴのようなマーク。それはグレゴール・キラー事件の犯人、美間坂創が所有していた『変身』にあったものと瓜二《うりふた》つの形状をしていた。

「どうしてこれがここに……」

またもや心の声が口をついて飛び出した。

記憶違いなどではない。加地谷は顔を上げ、浅羽を目で促す。

「え、なんすか？　どうしたんすか？」

加地谷の様子に少々怪訝《けげん》そうな反応を見せながらも、軽い調子で問いかけてきた浅羽は、デスクを回り込み『フランケンシュタイン』を覗《のぞ》き込んだ。

「もしかして、しおり代わりに一万円札でも挟んでありました？　それ持ち逃げしちゃダメっすよ。ちゃんと係の人に言わないと」

「アホか。そうじゃあねえんだよ。ここよく見てみろ。見覚えあんだろうが」

「……ん？　ああ、これって美間坂の所有していた『変身』にあったのと同じマークっすよね？」

　軽い調子で言った浅羽は、加地谷の示す印章を食い入るように見た。

「『変身』のはちょっとかすれてましたけど、こっちはやや鮮明っすね。つうかこれって模様っていうより何かの文字じゃないっすか？」

　浅羽の言う通りだった。パッと見では幾何学的な図柄のように見えるそのマークはしかし、よく見ると六角形の枠の中に、上下逆さまだったり左右が反転したりという、でたらめなアルファベット文字が配置され、それらが左から右へ、ひと続きの言葉のように並んでいる。

「これ、偶然……なんてことはないっすよね。だって、グレゴール・キラー事件の美間坂と、青柳史也との間に接点なんてないはずだし」

「そのはずだ。もちろん、俺たちの知らないところで繋がっている可能性がないわけじゃあねえがな」

「そんな、いくらなんでも、それは出来過ぎですよ」

　言いながら、浅羽は引き攣《つ》ったような笑みをこぼす。

目の前に突きつけられた現実から必死に目をそらそうとする相棒を、しかし加地谷は容赦なく追い詰める。

「繋がりがないにしても、その二人が同じような革の装丁の私家本を持っていて、それぞれに同じ印章があるなんてのも、ずいぶんと出来た話だよなぁ？」

そう問うと、浅羽は曖昧《あいまい》に頷《うなず》く。

「そもそもこのマーク、何なんすか？　個人の名前かと思ってたけど、そうじゃないっぽいっすよね。企業名か、何かのグループとか？」

「普通に考えれば、古書を取り扱う店ってところじゃねえのか？　それぞれが同じ店から購入したって考えりゃあ、それなりに筋は通るだろ」

なるほど、と頷《うなず》きながら、浅羽は手元のスマホを操作し、マークに記されている文字列を検索する。

「うーん、ダメっすね。店って言っても、バーの名前が引っかかったくらいで、古書店はヒットしません。そのほかにも会社名とか映画のタイトルとかありますけど、まあ無関係と思っていいでしょう。古くは聖書に記された有名な字面っすから、言葉として有名なのは当然っちゃ当然っすけど」

妙に納得したような顔で、浅羽は再び加地谷が手にした『フランケンシュタイン』を見下ろし、穴が開きそうなほどに凝視する。やがて瞬《まばた》きを繰り返し、

「それにしても、見れば見るほど気味が悪いっていうか、おかしなマークっすよね。な

んか見てるだけで気分が悪くなるっていうか……」

「同感だ。『目が回る』じゃねえが、このマークだけをじっと見ていると、何かの錯覚でも起こしそうな感じがするな」

忌々しげに言って、加地谷は謎の印章から視線を引きはがし、空いている方の手で眉《み》間《けん》を強く揉《も》んだ。浅羽を見ると、眠気を訴える子供のように目をごしごしとこすっている。

それっきり、二人の間には、わずかな時間ながら奇妙な沈黙が漂う。そんな中で、ごくりと喉を鳴らした浅羽が、

「まさかこれ、他の事件現場からも出てくる、なんてことないっすよね……」

突拍子もないことを口走ってから、すぐさま自分の発言を取り消そうとするみたいに頭《かぶり》を振った。

「――いやいや、出てきたとして、それが何だっていう話っすよね。たまたまいくつかの現場から同じ印章が入った古書が見つかる。そんな偶然に、意味なんてないっすよ」

「……いや、そうとも限らねえんじゃあねえか」

無理にでも自分を納得させようとする浅羽に対し異を唱え、加地谷は脳裏をよぎる奇妙な感覚に従って言葉を紡いでいく。

「グレゴール・キラー事件とエンゼルケア殺人事件。それぞれの犯人や関係者が所有する本の内容に魅入られたせいで、犯行内容が物語と微妙にリンクしている。そう考えた

とき、そこには何かの――いや何者かの思惑があるようには思わねぇか？」

「ちょ、ちょっと待ってくださいよカジさん。そんなことって……」

呻くように言って、浅羽は息をのむ。

戸惑いに揺れるその目をまっすぐに見据えながら、加地谷もまた続く言葉が見当たらずに押し黙った。

誰かが聞けば、馬鹿な考えだと笑うだろう。だが加地谷には、これが馬鹿な考えなどとはどうしても思えなかった。根拠などない、すべては直感頼みの推測に過ぎない。それでも、これらの古書と事件関係者たちとの間には得体の知れない繋《つな》がりがあるように思えてならなかった。

正体不明の違和感。ひっそりと息をひそめて迫り来る邪悪な気配。そして背筋を伝う異様な感覚に身震いし、それらを強引に振り払うようにして、加地谷は呼吸を整える。

それから、もう一度印章に目を凝らし、並べられたアルファベットの文字を辿《たど》った。


『BABEL』

その文字は、まるで異次元からもたらされたもののように歪《ゆが》んで見えた。

参考文献

『変身』フランツ・カフカ／著　川島隆／訳　角川文庫　2022年
『フランケンシュタイン』メアリー・シェリー／著　芹澤恵／訳　新潮文庫　2014年
『FBI心理分析官　異常殺人者たちの素顔に迫る衝撃の手記』ロバート・K・レスラー&トム・シャットマン／著　相原真理子／訳　ハヤカワ文庫NF　2000年
『快楽殺人の心理　FBI心理分析官のノートより』ロバート・K・レスラー、ジョン・E・ダグラス、アン・W・バージェス／著　狩野秀之／訳　講談社　1995年
『不安症の事典　こころの科学増刊』貝谷久宣・佐々木司・清水栄司／編著　日本評論社　2015年
『面白いほどよくわかる!　臨床心理学』下山晴彦／監修　西東社　2012年

本書は書き下ろしです。

この作品はフィクションです。実在の人物、団体、場所とは一切関係ありません。

バベルの古書《こしよ》　猟《りよう》奇《き》犯罪《はんざい》プロファイル　Book《ブック》 2《怪物《モンスター》》
阿泉来堂《あずみらいどう》

角川ホラー文庫　23868

令和５年10月25日　初版発行
令和５年11月10日　再版発行

発行者——山下直久
発　行——株式会社KADOKAWA
〒102-8177　東京都千代田区富士見2-13-3
電話 0570-002-301（ナビダイヤル）
印刷所——株式会社KADOKAWA
製本所——株式会社KADOKAWA
装幀者——田島照久

●お問い合わせ
https://www.kadokawa.co.jp/（「お問い合わせ」へお進みください）
※内容によっては、お答えできない場合があります。
※サポートは日本国内のみとさせていただきます。
※Japanese text only

ISBN978-4-04-114331-5　C0193

角川文庫発刊に際して

角川源義

第二次世界大戦の敗北は、軍事力の敗北であった以上に、私たちの若い文化力の敗退であった。私たちの文化が戦争に対して如何に無力であり、単なるあだ花に過ぎなかったかを、私たちは身を以て体験し痛感した。西洋近代文化の摂取にとって、明治以後八十年の歳月は決して短かすぎたとは言えない。にもかかわらず、近代文化の伝統を確立し、自由な批判と柔軟な良識に富む文化層として自らを形成することに私たちは失敗して来た。そしてこれは、各層への文化の普及滲透を任務とする出版人の責任でもあった。

一九四五年以来、私たちは再び振出しに戻り、第一歩から踏み出すことを余儀なくされた。これは大きな不幸ではあるが、反面、これまでの混沌・未熟・歪曲の中にあった我が国の文化に秩序と確たる基礎を齎らすためには絶好の機会でもある。角川書店は、このような祖国の文化的危機にあたり、微力をも顧みず再建の礎石たるべき抱負と決意とをもって出発したが、ここに創立以来の念願を果すべく角川文庫を発刊する。これまで刊行されたあらゆる全集叢書文庫類の長所と短所とを検討し、古今東西の不朽の典籍を、良心的編集のもとに、廉価に、そして書架にふさわしい美本として、多くのひとびとに提供しようとする。しかし私たちは徒らに百科全書的な知識のジレッタントを作ることを目的とせず、あくまで祖国の文化に秩序と再建への道を示し、この文庫を角川書店の栄ある事業として、今後永久に継続発展せしめ、学芸と教養との殿堂として大成せんことを期したい。多くの読書子の愛情ある忠言と支持とによって、この希望と抱負とを完遂せしめられんことを願う。

一九四九年五月三日

ぬばたまの黒女《くろめ》

阿泉来堂

第40回横溝正史ミステリ&ホラー大賞読者賞受賞作家

妻から妊娠を告げられ、逃げるように道東地方の寒村・皆方村《みなかたむら》に里帰りした井邑陽介《いむらようすけ》。12年ぶりに会う同窓生たちから村の精神的シンボルだった神社が焼失し、憧れの少女が亡くなったと告げられた。さらに焼け跡のそばに建立された神社では、全身の骨が砕かれるという異常な殺人事件が起こっていた。果たして村では何が起きているのか。異端のホラー作家・那々木悠志郎《ななきゆうしろう》が謎に挑む。罪と償いの大どんでん返しホラー長編！

角川ホラー文庫

ISBN 978-4-04-111517-6

ISBN 978-4-04-111991-4

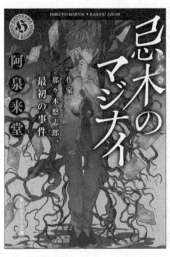

邪宗館の惨劇

阿泉来堂

ホラー作家・那々木、最大の危機!?

火災事故で親友を失った天田耕平《あまだこうへい》は、恋人と共に慰霊祭へ向かう途中、バス事故で立ち往生してしまう。乗客らと辿り着いた廃墟は、カルト宗教の施設だった——。夜の更《ふ》けたころ、乗客たちが次々殺害される事件が発生。建物から脱出を試みた耕平は、恐ろしい姿の怪物に遭遇し意識を失う。目を覚ますと、再びバスに乗っていた。絶望する彼の前に現れたのは、ホラー作家・那々木《ななき》だった。驚愕ラストに震撼する、ループホラーミステリー。

角川ホラー文庫

ISBN 978-4-04-112810-7

ISBN 978-4-04-112602-8

ON
猟奇犯罪捜査班・藤堂比奈子

内藤 了

凄惨な自死事件を追う女刑事！

奇妙で凄惨な自死事件が続いた。被害者たちは、かつて自分が行った殺人と同じ手口で命を絶っていく。誰かが彼らを遠隔操作して、自殺に見せかけて殺しているのか？　新人刑事の藤堂比奈子らは事件を追うが、捜査の途中でなぜか自死事件の画像がネットに流出してしまう。やがて浮かび上がる未解決の幼女惨殺事件。いったい犯人の目的とは？　第21回日本ホラー小説大賞読者賞に輝く新しいタイプのホラーミステリ！

角川ホラー文庫

ISBN 978-4-04-102163-7

MASK 東京駅おもてうら交番・堀北恵平

内藤 了

箱に入った少年の遺体。顔には謎の面が…

東京駅のコインロッカーで、箱詰めになった少年の遺体が発見される。遺体は全裸で、不気味な面を着けていた。東京駅おもて交番で研修中の堀北《ほりきた》恵平《けつぺい》は、女性っぽくない名前を気にする新人警察官。先輩刑事に協力して事件を捜査することになった彼女は、古びた交番に迷い込み、過去のある猟奇殺人について聞く。その顛末を知った恵平は、犯人のおぞましい目的に気づく! 「比奈子」シリーズ著者による新ヒロインの警察小説、開幕!

角川ホラー文庫

ISBN 978-4-04-107784-9

COVER
東京駅おもてうら交番・堀北恵平

内藤了

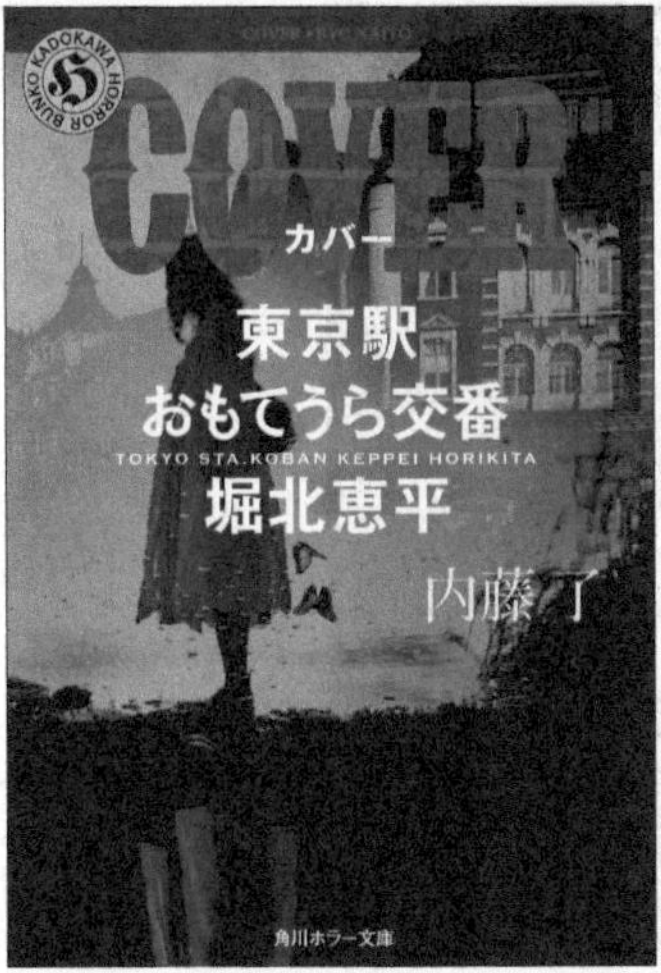

遺体のその部分が切り取られた理由は——

東京駅近くのホテルで死体が見つかった。鑑識研修中の新人女性警察官・堀北恵平《ほりきたけっぺい》は、事件の報せを受け現場へ駆けつける。血の海と化した部屋の中には、体の一部を切り取られた女性の遺体が……。陰惨な事件に絶句する恵平は、青年刑事・平野《ひらの》と捜査に乗り出す。しかし、またも同じ部分が切除された遺体が見つかり——犯人は何のために〈その部分〉を持ち去ったのか？「警察官の卵」が現代の猟奇犯罪を追う、シリーズ第２弾。

角川ホラー文庫

ISBN 978-4-04-107786-3

十三の呪

死相学探偵 1

三津田信三

死相学探偵シリーズ第１弾！

幼少の頃から、人間に取り憑いた不吉な死の影が視える弦矢《つるや》俊一郎《しゅんいちろう》。その能力を“売り”にして東京の神保町に構えた探偵事務所に、最初の依頼人がやってきた。アイドル顔負けの容姿をもつ紗綾香《さやか》。ＩＴ系の青年社長に見初められるも、式の直前に婚約者が急死。彼の実家では、次々と怪異現象も起きているという。神妙な面持ちで語る彼女の露出した肌に、俊一郎は不気味な何かが蠢くのを視ていた。死相学探偵シリーズ第１弾！

逢《あ》魔《ま》宿り

三津田信三

怪異と謎解きの驚異の融合!

結界が張られた山奥の家で、7つの規則を守り“おこもり”した少年が遭遇した奇妙な出来事が恐ろしい「お籠《こも》り の家」。物静かな生徒の絵が暗示する凶事に気づいた教師の記録と、それが指し示す真実に震撼する「予告画」。法事に訪れた田舎の旧家で、蔵の2階に蠢く“何か”を連れてきてしまった大学生の告白が不安を招く「よびにくるもの」など全5話を収録。怪異と謎解きの美しき融合に驚嘆する、三津田ワールドの粋を極めた最恐短編集。

角川ホラー文庫

ISBN 978-4-04-112338-6